KB068448

난 두렵지 않아요

100 백 가지의 나, 백 가지의 이야기 **백백**

백백은 모든 청소년을 전적으로 지지하고 응원하는
주니어RHK 청소년 교양서 시리즈입니다.

난 두렵지 않아요

초판 1쇄 발행 2002년 4월 30일
개정판 1쇄 인쇄 2023년 8월 15일
개정판 1쇄 발행 2023년 8월 25일

글 프란체스코 다다모 옮김 이현경
발행인 양원석 발행처 (주)알에이치코리아(등록 2004년 1월 15일 제2-3726호)
본부장 김문정 편집 박진희, 김하나, 정수연, 고한빈 디자인 김태윤
해외저작권 임이안, 이시자키 요시코
영업마케팅 안병배, 이지연, 정다은, 김예인 제작 문태일, 안성현
주소 서울시 금천구 가산디지털2로 53, 20층(한라시그마밸리)
편집 문의 02-6443-8921 도서 문의 02-6443-8800 홈페이지 rhk.co.kr
블로그 blog.naver.com/randomhouse1 포스트 post.naver.com/junior_rhk
인스타그램 @junior_rhk 페이스북 facebook.com/rhk.co.kr

ISBN 978-89-255-7607-7 (44880)
ISBN 978-89-255-2559-4 (세트)

난
두렵지
않아요

프란체스코 다다모 글

이현경 옮김

STORIA DI IQBAL 주니어 **RHK**

차 례

이야기를 시작하며

나는 이크발이 어떻게 생겼는지 모른다. 신문에서 사진으로밖에 본 적이 없는데, 그나마도 어둡고 선명하지 않았다. 기사에 따르면 이크발은 키가 그리 크지 않았다고 한다. 그래서 나는 이크발의 모습을 상상해 보기로 했다. 어쩌면 실제 모습보다 더 아름답고, 더 착하고, 더 용기 있는 모습으로 이크발을 묘사했는지 모른다. 그러나 영웅이라면 으레 겪는 일이 아니겠는가.

이크발과 달리 파티마라는 인물은 내가 만들어 냈다. 그러나 나는 이크발과 같이 생활한 아이들 중에 분명 파티마 같은 소녀가 있었으리라 믿는다. 살만, 마리아, 꼬마 알리 같은 친구들도 마찬가지다. 만약 여러분이 그런 아이들에 대해 알고 싶다면 주위를 한번 둘러보면 될 것이다. 여기 이탈리아에도 그런 소년, 소녀들이 있다. 가끔 그 아이들과 이야기해 보라고 권하고 싶다.

더불어 나는 파키스탄의 장면들도 내 상상에 맡겨야 했다. 파키스탄에 가 본 적이 없기 때문이다. 그러나 이런 사소한 점들 이외에 여러분이 읽게 될 이야기는 모두 실화다. 이 책에 담긴 사건들은 실제로 일어난 일들이다. 기분을 울적하게 만드는 사건들까지 모두 말이다.

이것은 너무 슬픈 이야기라고 누군가 내게 말했다.

그렇지만은 않다. 이 소설은 자유를 얻는 방법에 대한 이야기다.

매일 계속되고 있고 앞으로도 계속될 이야기이다.

여러분이 이 책을 읽고 있는 동안에도.

프란체스코 다다모

1

그렇다. 난 이크발을 안다.

너무 추워서, 너무 피곤해서 잠에 들지 못하는 이런 밤이면 종종 나는 이크발을 생각하곤 한다.

이탈리아 주인이 우리에게 마련해 준 지붕 밑 다락방에는 신기하게도 하늘 쪽으로 난 창문이 하나 있다. 이탈리아 사람들은 이런 창문을 뭐라고 부르는지 모르지만, 우리 고향에는 이런 창문이 없다.

여기 이탈리아는 모든 것이 파키스탄과 다르다. 난 아직도 이런 것들에 익숙하지 않다.

난 이 창문이 좋다. 가끔 하늘이 맑을 때는 창문을 통해 별을 볼 수도 있고, 어떤 때는 초승달을 볼 수도 있기 때문이다. 별들은 내가 살던 라호르* 근교에서 보던 것과 똑같다. 여기 이탈리아에서도 다르지 않은 것은 별뿐이다. 물론 우리 고향의 별들이 훨씬 더 반짝이지만 말이다.

난 별들은 세계 어디에서 봐도 똑같을 것이라 믿는다. 그래서 낯선 땅에 살고 있거나 혼자라서 외로울 때도 별들이 위로해 줄 수 있을 거라고.

이탈리아에는 큰오빠 아메드, 남동생 하산과 함께 있다. 하산은 내가 일하는 집에서 같이 일하고 있는데, 이건 정말 대단한 행운이다. 주인 부부는 착한 사람들이다. 절대 우리를 심하게 대하지 않는다. 물론 라호르의 주인들처럼 매질을 하지도 않는다. 나는 청소를 하고 장을 보고 아이들을 돌본다. 이것들은 내가 아주 좋아하는 일이다.

이 집에는 남자아이 하나와 여자아이 하나, 이렇게 남매가 있다. 둘 다 예쁘고 깨끗하다. 아이들은 나를 아주 좋아한다. 그래서 항상 이렇게 말한다.

"파티마! 파티마! 우리랑 놀아 줘!"

그러면 나는 그 애들이랑 같이 인형이나 헝겊으로 만든 꼭두

---

* 파키스탄 북동부에 위치한 도시 중 하나.

각시, 그리고 이상하고 신기하게 생긴 장난감을 가지고 논다. 소리가 나는 것도 있고, 저절로 움직이는 것, 색색의 불빛이 켜졌다 꺼졌다 하는 것들도 있다. 난 그런 장난감들을 어떻게 다뤄야 하는지 몰랐다. 한 번도 본 적이 없으니까. 어떨 때는 그런 것들 때문에 크게 놀라기도 했다. 처음에는 마술을 부리는 줄 알고 너무나 무서웠다.

아이들은 가끔씩 참을성을 잃고 내게 이렇게 말한다.

"아휴, 짜증 나! 파티마, 정말 바보 같아!"

그렇지만 나는 금방 장난감 다루는 법을 배웠고 아이들과 매일 놀며 새로운 것들을 하나씩 알게 되었다. 마치 나도 다시 어린아이가 된 것 같았다. 그럴 때마다 주인아주머니가 와서 말하곤 한다.

"파티마, 여기서 뭐 하니? 부엌에 가 봐야 하지 않니?"

그러면 난 창피해서 두 손으로 얼굴을 가리고 재빨리 달아난다. 내 나이가 이미 열여섯이나 되었기 때문이다. 정확한 나이를 모르기 때문에 어쩌면 열일곱일지도 모른다. 어찌 되었든 이미 다 자란 나이, 아니 오래전에 결혼해서 아이들까지 있을 법한 나이였다.

파키스탄 주인들은 우리가 놀게 가만히 놓아두질 않았다. 그럴 여유도 없었다. 매일 새벽부터 밤까지 방직기* 앞에 앉아 있어야 했다. 그렇지만 이크발과 내가 연을 날리던 때는 생생히 기억난다. 바람 따라 점점 더 높이 나는 연을 보며 얼마나 기뻐했던지. 이크발이 미국이라는 나라로 길고 긴 여행을 떠나기 전에 연날리기를 했다.

"내가 돌아오면 매일 연을 날리자."

이크발이 말했다.

하지만 그런 일은 일어나지 않았다.

주인집 아이들에게 연날리기를 가르쳐 주고 싶다. 아주 좋아할 텐데. 그렇지만 연을 날릴 수 있을지는 잘 모르겠다. 이 도시에는 연을 날릴 만한 곳도, 바람도, 푸른 하늘도 없다. 안테나에 걸려 연줄이 끊어져 버리지 않을까 걱정이다.

요즘 큰오빠 아메드는 무슨 일을 하고 있는지 모르겠다. 가끔씩 주인이 반나절 정도 자유 시간을 주면 하산과 같이 아메드 오빠를 만나러 간다. 이 도시에 사는 파키스탄인들을 모두 만날 수 있는 광장이 있다. 솔직히 그렇게 썩 아름다운 광장은 아니다. 벤치 세 개에 말라 버린 나무 두 그루가 서 있을 뿐이다. 게다가

---

* 실을 뽑아서 천을 짜 내는 기계를 통틀어 이르는 말.

비가 자주 내린다. 하지만 달리 갈 곳이 없다. 우리는 광장에서 만나 여자는 여자끼리, 남자는 남자끼리 따로 모여 이야기를 나누기도 하고 웃기도 한다. 이때 우리 여자들은 고향에서처럼 머리와 얼굴의 일부분을 가려 주는 베일 '푸르다'를 쓴다. 수줍음을 가리기 위해서다.

아메드 오빠는 주위를 경계하는 것처럼 두리번거리며 광장에 도착해서 손을 흔든다. 오빠는 돈을 많이 모아서 빨리 집으로, 고향으로 돌아가자고 말한다. 그러나 오빠에겐 늘 돈이 한 푼도 없어서 오히려 우리가 돈을 주곤 한다. 오빠에게서 술 냄새를 맡은 게 한두 번이 아니었다. 술을 마시는 건 아무리 생각해도 좋은 일이 아니다.

하지만 난 오빠를 섣불리 판단하고 싶지 않다. 어쨌든 나의 큰오빠이고, 오빠 역시 우리와 마찬가지로 행복하진 않을 테니까. 난 내가 고향으로 돌아가고 싶어 하는지조차도 모르겠다. 고향에서 난 최악의 생활을 했었고 이곳에서도 잘 지내는 것은 아니다. 사실이다.

하지만 이곳에서는 아무도 날 학대하지 않는다. 더러운 바닥에 정신을 잃고 쓰러질 정도로 일을 시키지 않는다. 손에 물집이 생기고 여기저기 베여서 상처투성인데도 아무런 치료를 받지 못해 병균에 감염되는 일도 없다. 여기서 난 노예가 아니다. 집 주인들은 먹을 것을 주고 잠자리를 마련해 주고 돈도 준다. 불평해서는 안 된다. 난 주인에게 감사하고 있다.

여기서 난 자유다. 그러나 내가 이 나라에서 살고 있다는 사실이 발각되는 날에는 울타리를 쳐 놓은 운동장에 갇혀 있다가 추방당할 거라고 한다. 정말인지는 잘 모르겠다. 하지만 아마도 그런 말 때문에 시장에 갈 때면 주저하게 되는가 보다. 나는 푸르다를 쓰고 큰 가방을 든다. 고개를 숙이고 걷는다. 이곳 시장에는 고향의 시장보다 훨씬 더 많은 물건들이 있지만, 우리 고향의 것들처럼 다채롭지도 밝지도 않다. 처음에 난 그 많은 것들이 다 무엇인지 몰랐고 이름도 몰랐다. 그래서 손가락으로 가리켰다. 저거 세 개요. 저거 네 개 주세요. 어느 날엔가는 물건을 잘못 사 와서 주인아주머니가 화를 내기도 했다. 이제 장을 보는 일은 훨씬 나아졌다.

이곳에서 나를 쳐다보는 사람은 아무도 없다. 이걸 어떻게 설명해야 할지 잘 모르겠다. 난 이야기하고 소리치고 인사를 나누는 사람들 사이로 걷는다. 그런데 나 혼자만 사람들의 눈에 보이지 않는 것 같은 기분이 든다. 아무도 내게 말을 걸지 않기 때문이다. 사람들이 내 몸을 이리저리 치고 지나가면서도 아무도 미안하다고 말하지 않는다.

그럴 때면 난 내가 '진'이 된 것 같다고 생각하곤 한다. 진은 사람들의 눈에 보이지 않는 꼬마 요정인데, 집에 있는 항아리들을 깨뜨리고 물건들을 사라지게 만드는 것을 즐긴다. 길을 걷고 있지만 난 그곳에 존재하지 않는다. 과일과 야채가 가득 담긴 노점 앞에서 걸음을 멈추고 물건들을 구경하지만 나는 그곳에 없다. 장을 보고 상인이 내게 물건을 주고 내게서 돈을 받는다. 상인이 거스름돈을 내주면 난 실수하지 않으려고 곧바로 그 돈을 세어 본다. 상인은 내 어깨너머에서 차례를 기다리는 사람을 쳐다본다. 그러고는 그 여자와 이야기를 나누고 웃고 농담을 한다. 난 그곳에 없다.

밤이 되어 다락방에 돌아와 있으면 슬프다. 내가 이크발을 생각하는 것은 바로 그런 때이다. 난 이크발을 내 신랑감으로 생각하고 있다.

바보 같은 생각이라는 것을 너무나 잘 알고 있다. 귓속말을 주고받으며 웃어 대고 싶어 하는, 정말이지 바보 같은 여자아이들이나 하는 짓이다. 그리고 그런 일을 생각하는 것조차 가당치 않다. 우리 고향에서는 여자가 신랑감을 고를 수 없다. 신랑감을 고른 뒤 지참금을 절충하고 결정하는 것 모두 어른들이 알아서 한다. 우리 어머니도, 어머니의 어머니도 항상 그렇게 해 왔다. 아마 그게 옳은 방법일 것이다.

물론 여기 이탈리아는 다르다. 그렇지만 신랑감을 찾기에 내 나이는 많다. 아무도 나를 좋아하지 않을 것이다.

하늘이 싸늘하고 어두운 어느 날 밤. 길에서는 아무 소리도 들려오지 않고, 어둠 속에서 눈이 말똥말똥해지고, 울고 싶지만 눈물이 나지 않는 그런 밤. 나는 이크발이 우리 부모님 집으로 이어지는 좁은 길을 따라 올라오고 있는 꿈을 꾼다. 이크발은 친구들과 친지들에게 에워싸여 있는데, 그 사람들 중에는 이크발의 양아버지인 에샨 칸도 있다. 모두 잔치에 가는 차림이다.

여자들의 방에서 이크발을 기다리고 있는 내 모습이 보인다. 너무 흥분되어 가슴이 죄어들 것 같지만 그런 티를 내서는 안 된다. 나는 여느 신부들처럼 빨간 옷을 입고 있다. 언니들이 내 손과 발에 적갈색 염료로 꽃을 그려 장식해 준다. 이크발이 꽃향기와 향 냄새가 가득한 우리 집으로 들어와 우리 부모님과 형제, 친척들 앞에서 나를 신부로 맞이한다. 마침내 부부가 된 우리 둘은 집을 나와 자유롭게 떠난다.

이것이 다만 꿈에 불과하다는 것을 너무나 잘 알고 있다. 환상일지도 모른다. 이크발이 알지도 못하는 낯선 나라로 나를 데리러 올 수 없다는 것을 잘 알고 있다. 게다가 날 신부로 맞고 싶어 하는지도 알 수 없다. 오 년 전 우린 겨우 어린아이에 불과했으니까.

그렇지만 이크발은 나에게 자유와 같은 인물이었다. 어쩌면 내 인생에 단 하나뿐인 자유의 꿈일지도 모른다. 그러니까 내가 이런 꿈을 꾸게 내버려 두었으면 좋겠다. 이런 꿈을 꾼다고 해서 누구에게 해를 끼치는 것도 아니니까.

나는 이크발의 눈에 띄지 않는 아이였다. 하지만 나는 거기 있었다.

이것은 내가 알고 있는, 내가 기억하는 이크발의 이야기이다.

2

주인 후사인 칸의 집은 라호르 교외에, 메마르고 흙먼지 날리는 들판에 자리 잡고 있었다. 들판에서는 북쪽에서 내려온 가축 떼들이 풀을 뜯고 있었다. 후사인의 집은 아주 컸는데 반은 벽돌로, 반은 양철로 지어진 것이었고 중앙에 포장이 제대로 되지 않은 지저분한 마당이 있었다. 우물이 있는 마당 한 귀퉁이에는 주인이 모는 낡은 토요타 트럭이 있었고, 갈대로 만든 차양이 쳐져 있었다. 차양은 양모와 면 더미 들을 보호하기 위한 것이었다. 그리고 마당 끝에는 가시덤불과 잡초에 반쯤 가려진 녹슨 철문이, 그 뒤에는 '무덤'으로 이어지는 급경사의 계단이 있었다.

카펫 작업장은 양철로 지어져서 여름에는 몹시 덥고 겨울에는 몹시 추웠다. 작업은 해가 뜨기 삼십 분 전에 시작되었다. 작업이 시작될 즈음 안주인이 잠옷 차림에 슬리퍼를 신고 아직 날이 완전히 밝지 않아 어두컴컴한 마당을 가로질러 왔다. 우리에게 납작하고 둥근 빵인 차파티와 다히*나 크림을 넣은 제비콩 수프를 가져다주기 위해서였다. 우리는 공용의 큰 그릇을 땅바닥에 놓아두고, 거기에 담긴 수프에 빵을 적셔 맛있게 먹었다. 빵을 먹으면서 우리는 끊임없이 이야기를 했고, 지난밤의 꿈 이야기를 나누었다.

할머니가, 그리고 할머니가 돌아가신 뒤에는 어머니가 들려준 대로라면 꿈은 우리가 알지 못하는 하늘 어느 곳에서 벌어지는 일이라고 한다. 그곳이 너무나 멀어서 우리는 상상밖에 할 수 없다고 한다. 그 꿈들은 인간이 불러 주면 세상으로 내려오는데, 고통을 주기도 하고 위안이나 기쁨 혹은 실망을 안겨 주기도 한다. 또 때로는 그 꿈이 아주 어리석을 수도 있고 아무것이 아닐 수도 있다. 나쁜 사람은 나쁜 꿈을 꾸고, 어리석은 사람은 어리석은 꿈을 꾸는 것은 아닐 것이다. 하지만 하늘이 알아서 다스리는 것을 우리가 어떻게 이해할 수 있을까?

"꿈이 찾아와 주지 않는 것은 물론 끔찍한 일이지."

---

* 인도나 파키스탄 등에서 즐겨 먹는 요거트.

할머니는 말씀하셨다. 멀리 있는 누군가의 호의를 받을 수 없다는 얘기이기 때문이다.

하지만 꿈에 대해서 생각은 할 수 있다. 난 오래전부터 꿈을 꾸지 않았다. 그리고 우리 중의 대부분은 더 이상 꿈을 꾸지 않았다. 하지만 그 사실을 털어놓는 것을 두려워했다. 아침이면 우리는 외로웠다. 그래서 꿈을 지어냈는데, 그 꿈들은 항상 아름다운 빛과 색으로, 또 아직 집에 대한 추억을 가지고 있는 아이는 그 추억으로 가득 채워졌다. 우리는 입에 음식을 가득 넣고 재빠르게 이야기하면서 누가 더 환상적인 이야기를 꾸며 낼 수 있는지 내기했다. 안주인이 "이제 그만! 그만해라!"라고 말할 때까지 계속했다.

그다음에 우리는 큰 방 끝에 더러운 커튼으로 가려져 있는 터키식 화장실로 한 번에 한 사람씩 들어갔다. 제일 먼저 방직기에 다리를 묶인 채 잠을 잔 아이들, 주인이 부르는 대로라면 '돌대가리들'이 화장실에 먼저 갔다. 그 아이들은 일이 서툴러서 조금밖에 못하는 데다 실의 색깔을 바꾸거나 카펫 무늬를 잘못 넣기(가장 큰 실수를 한 경우다) 일쑤고 손가락에 물집이 생기면 울곤 했다.

'돌대가리들'은 멍청했다. 물집이 생기면 매듭을 자를 때 쓰는 칼로 물집을 터뜨리면 된다는 것은 다들 알고 있었다. 물집에서 물이 나오고 약간 아프기는 하지만 시간이 지나면 새살이 돋아 그 부분이 딱딱해져서 무감각해진다. 묶이지 않은 우리는 '돌대가리들' 때문에 조금 괴롭기는 했지만 재미있기도 했다. 대개 그 아이들은 이제 갓 신입이어서 다시 자유의 몸이 될 수 있는 방법은 일을 많이 하는 것, 최선을 다해 빨리하는 것뿐이며, 칠판에 분필로 그려 놓은 표시를 지워 나가야 한다는 사실을 아직 몰랐다. 매일 하나씩 지워 표시가 하나도 남지 않아야 집으로 돌아갈 수 있었다.

다른 아이들처럼 내 칠판도 방직기 위에 걸려 있었다.

아주 오래전 내가 이곳에 도착한 날, 주인 후사인 칸이 깨끗한 칠판을 하나 걸어 놓고 그 위에 표시를 하며 내게 말했다.

"이게 네 이름이다."

"네."

"이게 네 칠판이다. 아무도 이 칠판에 손을 댈 수 없다. 나 말고는 말이다. 알겠냐?"

"네."

그러더니 여러 개의 표시를 나란히 그렸다. 겁에 질린 개의 등에 꼿꼿이 선 털처럼 곧은 표시였다. 네 개의 표시가 한 묶음이었는데, 그 옆에 또 다른 묶음들이 빼곡히 그려졌다. 난 그 표시들을 잘 이해할 수 없었다.

"너 셈할 줄 아니?"

주인의 말에 내가 대답했다.

"열까지는 셀 수 있어요."

"봐라. 이게 네 빚이다. 이 표시 하나는 1루피*고. 난 매일 1루피를 네게 줄 거야. 적당한 가격이지. 그보다 더 많이 줄 사람은 없어. 다들 그렇다고 할 거다. 다른 사람에게 물어봐도 좋아. 모두들 후사인 칸은 공정하고 훌륭한 주인이라고 말할 테니까. 넌 네가 받을 만큼 받을 게다. 그리고 매일 해가 질 무렵에 네가 보는 앞에서 이 표시 하나를 지워 줄 거야. 네가 일을 한 결과로 표시가 지워지니 자랑스러울 만하지. 네 부모들도 그럴 게다. 알겠니?"

"알겠습니다." 하고 대답하긴 했지만 사실 난 아무것도 이해할 수 없었다. 그래서 숲속의 나무처럼 빼곡히 서 있는 그 표시들을 그저 바라보기만 했다. 난 내 이름과 빚을 적어 놓은 숫자도 잘 구별하지 못했다. 둘은 비슷해 보였다.

---

* 파키스탄의 화폐 단위. 당시 1루피는 한화로 24원 정도였다.

"이 표시가 모두 지워졌을 때, 그러니까 이 칠판이 완전히 깨끗해지면 넌 자유의 몸이 되어 집으로 돌아갈 수 있다."

후사인 칸이 덧붙였다.

하지만 나는 그 칠판이 깨끗해지는 것을 보지 못했다. 다른 아이들의 칠판도 마찬가지였다.

'돌대가리들'이 커튼 뒤에 있는 화장실에서 돌아와 다시 묶이고 나면, 우리가 '자유롭게' 화장실에 갈 수 있었다. 우리는 화장실에 가서 볼일을 보고 고양이 세수를 했다.

화장실에는 아주 높이 달린 작은 창문이 하나 있었다. 창문 너머 꽃이 핀 아몬드나무의 가지들이 언뜻 보였다. 나는 매일 허락된 시간보다 일 분 정도 더 거기서 뭉그적거리다가 위로 높이 뛰어 보곤 했다. 낡은 나무 창턱을 붙잡고 매달려 밖을 내다보기 위해서였다.

그때 나는 열 살이었다. 작고 가냘팠다. 지금도 마찬가지지만. 그래서 창가에 손가락 하나 댈 수 없었다. 하지만 매일 조금씩 더 높은 곳에 닿는 것 같은 기분이었다(아마 날마다 손이 닿는 부분은 거의 똑같았을 것이고, 높아졌다고 해 봐야 겨우 몇 밀리미터밖에 안 되었을 것이다). 나는 언젠간 그 위에 올라가 작은 창 밖에 몸을 내밀고 아몬드나무 껍질을 만져 볼 수 있을 거라고 믿었다.

그렇게 쓸모없고 바보 같은 짓을 왜 그리도 대단하게 생각했는지는 나도 모르겠다. 그때는 아마 자유를 향해 혹은 자유와 비슷한 무엇인가를 향해 한 발짝씩 나아가는 것 같은 기분이 들었던 것 같다. 물론 내 생각처럼 될 리가 없었다. 나는 겨우 옆집 정원에 떨어지고 말 것이고 후사인 칸의 부인이 날 데리러 와서 채찍을 휘두르며 이렇게 소리칠 것이다.

"거지새끼 같으니라고! 배은망덕한 살모사 새끼!"

결국 나는 '무덤'에서 사흘을 보내게 될 것이다. 어쩌면 사흘 이상일지도 모른다. 내가 창으로 나가게 되면 바로 이런 일이 벌어질 것이다. 그래도 나는 매일 아침마다 시도해 보았다.

난 후사인 칸 공장에서 일한 삼 년 동안 '무덤'에는 단 한 번도 들어가 본 적이 없었다. 처음에 아이들은 나를 질투하며 내가 후사인의 총애를 받아 벌을 받지 않는 것이라고 말했다. 사실이 아니었다. 내가 벌을 받지 않은 것은 재빠르게 일을 잘하고 불평 없이 주인이 주는 대로 음식을 먹고 대답할 필요가 없을 때에는 아무 말도 하지 않았기 때문이다. 종종 주인이 내게 다가와 모두가 보는 앞에서 나를 쓰다듬을 때도 있었다. 주인은 내게 "꼬마 파티마, 나의 꼬마 파티마." 하고 속삭였다. 그러면 나는 속으로 부들부들 떨었다. 왜 그랬는지 나도 잘 모르겠다. 어쨌든 나는 겁이 나서 그 자리에서 사라져 어디론가 숨어 버리고 싶었다. 후사인 칸은 뚱뚱하고 검은 수염에 눈은 작았다. 그의 손은 온통 야자기름이라 그가 내 몸 어디에 손을 대든 기름 자국이 남았다.

어떤 날 밤에는 후사인 칸이 어둠 속을 걸어서 방직기 옆의 내 잠자리까지 오는 상상을 하기도 했다. 난 그의 거친 숨소리와 윗도리에서 나는 담배 냄새를 맡았다. 뚜벅뚜벅 걸어오는 그의 발밑에서 이는 흙먼지 냄새도 맡았다. 그가 내게로 와서 나를 쓰다듬으며 "꼬마 파티마야." 하고 속삭였다. 다음 날 아침 나는 방 끝에 있는 더러운 커튼 뒤에 숨어서 혹시 기름 흔적이 남아 있지 않은지 내 몸 구석구석을 살펴보곤 했다. 하지만 그건 그저 어린 아이들이 놀랐을 때 꾸는 악몽일 뿐이었다.

해가 뜨기 전부터 일을 시작해야 했다. 안주인이 손바닥을 세 번 치면 각자 자기 방직기 앞에 앉았다. 잠시 후 우리는 동시에 방직기를 움직였다. 마치 단 두 개의 팔이 그 많은 기계를 움직이는 것처럼. 일하는 동안에는 잠깐 쉬는 것도, 말을 하는 것도, 한눈을 파는 것도 금지였다. 우리는 그저 형형색색의 실이 감긴 수천 개의 북*만 쳐다보며 그 북 중 자기가 맡은 카펫 도안에 맞

---

* 베틀에서 날실의 틈으로 왔다 갔다 하며 씨실을 푸는 기구.

는 실을 골라 써야 했다. 주인은 우리 옆에 붙여 놓은 도안 그림과 우리가 짜고 있는 그림이 똑같은지 계속 대조해 보았다.

시간이 흐르면서 실내 공기가 뜨거워지고 먼지와 양모에서 풀려 나온 실이 공중에 가득 찼다. 박자를 맞춘 듯 움직이는 방직기 소리가 너무나 요란해서 그때 막 잠에서 깨어나 움직이기 시작하는 도시의 소리들도 거의 들리지 않았다. 낡은 자동차와 물건을 가득 실은 트럭의 엔진 소리, 아침 일찍 네발로 버티고 서 있는 당나귀들의 울음소리, 사람들의 고함, 차 장수의 외침, 옆 시장에서 들려오는 사람들의 소리를 방직기 소리가 모두 덮어버렸다. 방직기 소리가 더 커져 라호르 거리를 뒤덮을 때쯤 팔과 어깨가 아파 왔다. 그래서 잠깐, 해가 비치는 마당으로 난 문 쪽으로 고개를 돌렸다. 하루에 한 번뿐인 휴식 시간까지 얼마나 남아 있는지는 알 수 없었다. 손과 다리는 저절로, 습관적으로 움직였다. 실을 잡고 매듭을 짓고 페달을 밟고 다시 그와 같은 동작을 수천 번 되풀이했다. 또 다른 물집이 생겨서 손이 아팠지만 그런 건 아무 상관 없었다. 오늘 밤 후사인 칸이 내가 일한 것을 검사하고 잘되었는지, 정성스럽게 짰는지 살펴본 뒤 칠판의 표시를 지울 것이기 때문이다. 하루에 1루피만큼.

일한 지 삼 년이 되었는데도 그 표시는 여전히 칠판에 남아 있었다. 적어도 내가 보기에는 그랬다. 어떨 때는 표시가 더 늘어난 것같이 보이기도 했다. 하지만 있을 수 없는 일이었다. 칠판에 분필로 그려 놓은 표시들은 우리 아버지 밭에서 해가 뜬 낮에도 해가 진 밤에도 쑥쑥 자라 농사를 망쳐 버리는 그런 잡초가 아니니까.

점심시간이면 우리는 지친 몸을 이끌고 마당으로 나왔다. 해가 비치는 우물가에 모여 앉아 야채를 넣은 차파티를 먹고 물을 마셨다. 양모 먼지 때문에 목이 컬컬했다. 아직 기운이 남아 있는 몇몇 아이들은 웃고 떠들어 대며 나뭇조각 따위를 가지고 놀았다. 휴식은 한 시간이었다. 점심을 먹은 뒤에도 오후 내내 배가 고팠다. 잠시 후 우리는 작업장으로 다시 들어갔다. 그러면 후사인 칸과 그의 아내는 오후의 더위를 피해 집 안으로 들어갔다.

그들은 몇 시간쯤 우리를 감시하지 않아도 되었다. 우리 중에 달아날 만큼 용기 있는 아이는 단 한 명도 없었고, 더욱이 일하지 않는 아이도 없었다. 저녁이 되면 주인이 가지고 있는 줄자로 카펫을 마지막 1센티미터까지 잴 것이다. 우리가 보낸 시간을 재기라도 하듯이 말이다.

일을 조금이라도 덜 하면 1루피도 없다는 사실을 우리는 잘 알고 있었다.

삼 년 동안의 내 생활은 그렇게 흘러갔다. 난 아무것도 바라지 않았다. 다른 아이들도 아무것도 바라는 게 없었을 터였다. 처음 몇 달 동안 나는 엄마, 오빠, 언니들이랑 우리 집, 들판, 쟁기를 끄는 소, 병아리콩 가루로 만든 과자 라두, 축제 때 먹는 사탕과 아몬드를 생각하곤 했다. 그러나 시간이 흐르면서, 그런 기억들도 마치 너무 오래되어 색이 바래 버린 카펫의 그림처럼 희미해져 갔다.

이크발이 나타난 그날(늦봄이었다)까지 내 생활은 그러했다.

이크발과 함께 자유가 왔다.

3

지금도 생생하게 기억하는데, 이크발은 여름이 막 시작되려는 어느 날 아침 도착했다. 뜨거운 해가 높이 떠 있었다. 햇빛이 양철 지붕으로 스며들어 우리가 일하는 곳에 길게 드리워졌다. 그 빛 속에서 먼지들이 맴돌았다. 두 줄기의 햇빛이 내가 짜고 있는 카펫의 씨실 위에서 교차하며 밝은 색을 두드러져 보이게 만들었다. 나는 그 햇빛들이 목숨을 건 결투에 사용되는 두 개의 칼날이라고 생각했다. 하나는 착한 영웅의 것, 다른 것은 나쁜 악당의 것. 방직기의 페달을 움직여서 영웅의 검이 악당의 검을 눌러 악당을 달아나게 만들었다. 하지만 곧 악당은 다시 돌아와 집요하게 영웅을 공격했다.

카림은 영화를 두 번 보았는데, 갖은 고난을 겪은 착한 주인공이 결국은 승리하는 그런 이야기였다고 했다. 주인공은 화려한 색의 비단옷을 입고 자기가 좋아하는 여자에게 청혼했는데, 여자의 아버지는 반대하지 않았을뿐더러 아주 좋아했다고 한다. 그가 목숨을 걸고 악당을 물리쳤기 때문이란다.

카림은 이제 열일곱 살이 다 되었다. 그의 손가락은 굵고 살이 쪄서 카펫의 가늘고 섬세한 매듭을 짓기에는 적당하지 않았다. 그래서 이제 우리를 감시하는 일종의 감독자가 되었다.

아마 그 영화 이야기는 사실이었을 것이다. 내가 알기로 영화에서는 늘 우리 같은 사람들에겐 일어날 수 없는 행운이 찾아오곤 한다. 카림은 기분이 썩 좋은 밤이면 영화의 줄거리를 자세히 이야기해 주곤 했는데, 안타깝게도 그는 이야기를 만들어 낼 줄도 모르고 그럴 만큼 상상력이 풍부하지도 않았다. 카림이 처음 본 영화를 이야기하는 데 두 달 이상이 걸렸다. 매일 밤 그 이야기를 들려주고 싶어 하지 않았기 때문이기도 하다. 카림은 변덕스러운 데가 있었다. 나는 영화의 끝부분쯤 오면 앞의 이야기가 전혀 생각나지 않아 다시 처음부터 이야기해 달라고 부탁해야 했다.

나도 언젠가 극장에 가면 정말 기분이 좋을 것 같았다. 우리 엄마, 아버지는 극장에 한 번도 가 본 적이 없다. 오빠와 언니들도 마찬가지다. 우리는 너무나 가난했다. 영화는 도시의 부자들을 위한 사치일 뿐이었다. 텔레비전처럼.

주인집에는 텔레비전이 있었다. 밤에 우리가 자려고 할 때면 후사인 칸 집의 응접실에서 그 소리가 들려왔다. 그리고 창문에 쳐 놓은 발 사이로 밝게 새어 나오는 여러 가지 색깔을 볼 수 있었다. 카림은 예전에 창문이 있는 곳까지 몰래 가서 안을 훔쳐보기도 했다고 우겼다. 거의 오 분 동안이나 크리켓* 경기를 보았다고 말이다.

"크리켓이 뭔데?"

내가 묻자 카림이 신경질적으로 소리쳤다.

"조용히 해, 바보야!"

텔레비전을 보았다는 카림의 말은 거짓말이었을 것이다. 주인의 충성스러운 개 카림은 자기 자신을 위해서 우리를 감시했다. 우리를 감시하는 일이 아니면 대체 어디 가서 먹고살아야 할지 막막했을 테니. 그렇다고 해도 카림은 텔레비전을 훔쳐볼 정도로 용기 있지 않았다. 주인집에 다가갔다가는 누구든 무사하지 못했다.

---

* 영국에서 시작된 구기 스포츠. 11명씩으로 이뤄진 두 팀이 공격과 수비로 나뉘어 서로 공을 쳐서 승부를 겨룬다.

나는 딴생각을 하고 있었다. 손에서 미끄러지려는 실을 겨우 놓치지 않고 잡았다. 그때 무엇인가가 해를 가렸다. 두 개의 칼이 싸움을 멈추었다. 우리는 모두 돌아보았다. 주인이 문에 서 있었다. 그 큰 덩치로 문을 가로막고 있었다. 여행 옷 차림으로, 발까지 닿는 긴 외투에 간편한 장화를 신고 있었다. 장화는 벌건 흙투성이였다. 왼손으로는 자루를 하나 들고 있었고, 오른손으로는 나보다 두 살 정도 더 먹어 보이는 남자아이의 팔을 잡고 있었다. 아플 정도로 꽉.

　남자애는 키가 별로 크지 않았지만 호리호리한 체격에 피부는 갈색이었다. 잘생긴 애 같았다. 아니, 그렇게 잘생긴 건 아니었다. 그렇지만 그 눈, 남자애의 그 눈은 아직도 선명하게 기억날 정도로 인상적이었다. 두 눈은 깊고 부드러웠다. 두려움 같은 것은 찾아볼 수 없었다.

　그 애는 후사인의 커다란 손에 팔뚝을 붙들린 채 작업장 문 앞에 서 있었다. 다들 그 아이를 보고 있었다. 그때 우리는 모두 열네 명이었고, 감독자인 카림도 있었다. 모두 똑같은 생각을 하고 있었을 게 분명했다. 우리랑 같이 일하러 온 이 아이는 몇 년 동안 왔다가 떠난 많은 남자애들 중 하나겠지만 뭔가 좀 달랐다. 그때는 그게 무엇인지 잘 이해할 수 없었다.

그 애는 우리를 한 명씩 쳐다보았다. 오래전에 고향 집과 부모, 사랑하는 가족들을 떠나온 사람이 그렇듯, 또 노예보다 나을 게 없이 살며 자신의 미래가 어떻게 될지, 앞으로 무엇을 하게 될지 모르는 사람이 그렇듯 그 애는 슬퍼 보였다. 공을 쫓아 달릴 줄 모르는 아이처럼, 과일 좌판에서 과일을 훔치기 위해 오후의 시장을 배회하는 아이처럼 그 애는 쓸쓸해 보였다.

하지만 겁을 내는 것 같지는 않았다.

"젠장, 뭘 보고 있는 거냐?"

후사인 칸이 으르렁거렸다.

"가서 일들해라."

우리는 재빨리 방직기 쪽으로 몸을 돌렸다. 그러나 곧 어깨너머로 흘깃거리기 시작했다. 주인이 새로 온 남자애를 바로 내 옆의 비어 있는 방직기로 데려왔다. 발판 밑에서 녹슨 쇠사슬을 하나 꺼내 그 애의 오른쪽 발에 채웠다.

"여기가 네 자리다. 여기서 일하게 될 거야. 만약 일을 잘하면……."

그 애가 후사인의 말을 잘랐다.

"알고 있습니다."

후사인은 잠시 놀란 듯했다. 그는 언제나 그렇듯이 칠판을 가리켰다. 칠판 위에는 벌써 표시가 가득했다.

"이게 네 빚이다. 매일 저녁 내가……."

이번에도 그 애는 후사인 칸의 말이 끝나기도 전에 대답했다.

"알고 있습니다."

"좋습니다, 만물박사님. 이전 주인이 네가 고집스럽고 건방지다고 일러 주더구나. 하지만 여기서는 어림도 없다. 그래도 네가 마음만 먹으면 너만큼 일을 잘하는 아이가 없다는 말도 하더라. 두고 보자, 두고 보자고."

말을 쏟아 낸 후사인이 문 쪽으로 갔다. 입구에서 걸음을 멈추더니 굵은 검지로 카림을 가리키며 호통치듯 소리쳤다.

"너, 저 녀석 잘 감시해!"

카림은 고개를 끄덕이며 알았다는 신호를 보냈지만 별로 자신이 없어 보였다.

새로 온 남자애는 자기 자리에 앉아 일을 시작했다. 우리는 아무 말 없이 입을 딱 벌린 채 그 애를 지켜보았다. 우리 중 누구도 그 애처럼 능숙하고 빠르게 일하지 못했다. 정확하고 섬세하게 매듭 짓는 그 애의 손은 북 사이에서 날아다니는 것 같았다. 우리는 그런 광경을 한 번도 본 적이 없었다. 주인이 그 애에게 준 도안은 제일 어려운 것 중의 하나였다.

다른 아이들도 하나둘씩 다시 일하기 시작했다. 우리 모두 한 가지 사실만은 확실히 알 수 있었다. 새로 온 아이는 '돌대가리'가 아니라는 것이다. 그러니까 그 애가 쇠사슬에 묶인 것은 '돌대가리'라서가 아니었다.

다른 이유가 있었다.

"이름이 뭐냐?"

카림이 애써 무뚝뚝한 목소리로 물었다.

그 애가 대답했다.

"이크발이야. 이크발 마시."

4

그날 밤 주인이 불을 끄고 잠자리에 든 것을 확인한 후 우리는 제일 어린 꼬마 알리를 문 앞에 보초로 세워 놓고 작업장을 살그머니 가로질러 갔다. 새로 온 남자애에 대한 궁금증을 풀기 위해서였다.

카림이랑 살만이 같이 갔다. 카림은 감독자 자리를 절대 포기하지 않으려고 했기 때문에 우리가 작업장을 빠져나가는 것을 막아야 했으나, 호기심을 누를 수 없었을 것이다. 살만은 열 살이었지만 나이보다 훨씬 더 커 보였다. 얼굴과 손 피부가 우묵하게 얽었는데 그것은 햇빛과 진흙 때문이었다. 카라치* 쪽 어느

---

* 파키스탄 남부에 위치한 항구 도시.

지방 벽돌 가마에서 삼 년 넘게 벽돌 반죽을 했다고 한다. 살만은 퉁명스럽고 거칠어서 모두들 무서워했다.

나보다 조금 어린 마리아도 우리를 따라왔다. 마리아는 새처럼 조그만 아이였는데, 머리카락이 아주 짧아서 늘 쓰고 있는 면수건에 닿을락 말락 했다. 마리아는 지난겨울 초에 이곳에 왔지만 그 애가 말하는 것을 들어 본 사람은 아무도 없었다. 우리는 마리아가 말을 못하는 아이일지도 모른다고 생각했다. 마리아란 이름도 우리가 붙여 준 이름이었다. 마리아는 우리가 붙여 준 이름을 금방 알아들었다. 마리아는 자기 방직기 앞에서 웅크리고 잠을 잤고 어디를 가든 그림자처럼 나를 따라다녔다.

다른 아이들은 그냥 계속 자고 싶어 했다. 너무 피곤하기도 하고, 새로 온 남자애의 이야기를 별로 듣고 싶지 않았던 것이다. 그 애의 이야기 역시 우리 모두의 이야기와 비슷할 게 뻔하니까. 모두 가난한 집안의 아이들로, 부모들은 빚을 조금이라도 갚아 보려고 우리를 땅 주인이나 도시의 부유한 상인에게 팔았던 터였다. 후사인 칸이 각각의 칠판에 적은 표시가 바로 우리가 팔려 온 값이었다.

그 애라고 뭐 다른 게 있을까?

이크발은 잠을 이루지 못하고 있었다. 우리는 어둠 속에서 이크발의 발에 묶인 쇠사슬이 덜거덕거리는 소리를 들었다. 낯선 곳에 처음 온 날 밤은 대개 누구나 쉽게 잠들지 못했다. 정확한 이유는 아무도 알지 못했다. 우리는 모두 두세 번씩 주인이 바뀌는 경험을 했다. 어떤 아이들은 그보다도 더 많았다. 그래서 잠 못 드는 마음을 잘 알았다. 우리가 그 애의 주위에 모인 것은 그 때문이었다. 달도 뜨지 않은 밤이라 어둠 속에서 겨우 서로의 형체만 구별할 수 있었다.

"잘 지켜야 해, 알리."

우리는 알리에게 다시 주의를 주었다. 주인은 한밤중에 갑자기 들이닥쳐 우리가 깨어 있는 것을 보면 몹시 화를 냈다. 그런 일이 있은 다음 날이면 으레 우리는 '모두 돌대가리인 데다 게을러서 제대로 일을 하지 않는다'는 말을 들어야 했다.

알리는 아직은 괜찮다는 듯 짧은 휘파람 소리로 대답했다.

"우리 아버지는 늘 아침 일찍 일하러 나가셨어."

이크발이 자기 이야기를 시작했다.

"새벽에 해가 어슴푸레 뜨기 시작하면 나가서 가벼운 쟁기를 황소에 묶으셨어. 여름이어도 아직 공기가 맑고 찰 때지. 넓은 밭에는 우리처럼 농사짓는 다른 집 사람들도 나와 있었어. 난 어머니가 준비해 주신 야채 넣은 자루와 물병을 들고 아버지를 따라갔어. 아버지는 아주 열심히 일하셨어. 아버지의 팔은 무척 가늘었는데도 쟁기의 무게를 전혀 느끼지 못하시는 것 같았지.

그렇지만 두 시간이 지나고 나면 쟁기질 속도가 눈에 띄게 떨어졌어. 땅이 돌덩이 같았거든. 아버지는 땀을 비 오듯 흘리셨지. 땀이 얼굴과 가슴으로 흘러내렸어. 게다가 붉은 흙먼지가 아버지의 머리카락에 수북하게 내려앉아서 처음처럼 빨리 쟁기질을 할 수 없었어. 오후 3시까지 태양이 뜨겁게 내리쬐었어. 너무 더워 일을 할 수가 없었어. 황소도 다리를 버티고 서서 움직이지 않은 채 울어 댈 정도였다니까. 세상의 윤곽이 엷은 안개와 더위 속으로 사라지는 것 같았지.

그러면 우리는 나무 그늘에 앉아 집에서 가져온 병아리콩을 먹고 미지근한 물을 마셨어. 황소는 달려드는 벌레들을 쫓기 위해 신경질적으로 꼬리를 흔들었어.

아버지가 내게 말씀하셨지. '여기는 축복받은 땅이란다. 비옥하고 좋은 땅이야. 관개도 잘되고. 봐라, 모든 게 다 잘 자라고 있지 않니. 이 땅에는 씨만 뿌리면 돼. 신의 은총으로 한 가족이 배부르게 먹고살 수가 있단다. 잘 기억해 두거라, 이크발.' 나는 '예, 아버지.' 하고 대답했어.

하지만 우리 집 식구들은 배불리 먹고살지 못했어. 큰형이 몸이 좋지 않아서 기침을 계속했거든. 한번은 내가 아버지에게 왜 우리는 늘 배불리 먹지 못하느냐고 물어보았어. 왜 우리가 농사를 지은 밀과 보리는 수확한 바로 그날 마차에 실려 가 버리고 우리 오두막집에는 찌꺼기 밀 한 자루와 화덕 곁의 병아리콩 한 자루만 남는 거냐고 물었지. 아버지는 이렇게 대답하셨어. '모두 주인 것이기 때문이란다.' 내가 '그게 옳은 거예요?' 하고 묻자 '그 사람이 주인이니까.'라고 말씀하셨어. 나는 또다시 물을 수밖에 없었어. '그럼 우린 뭐예요?'"

"우리 아버지도 그렇게 말했어."

살만이 끼어들었다.

"그렇지만 주인은 욕심이 많고 사악하다고도 했지. 아버지는 우리 오두막집에 앉아 주인 욕을 해 댔어. 그러면 엄마는 몸을 떨면서 애원했어. '아무 말도 하지 마세요, 제발! 주인이 당신 말을 듣기라도 하면…….' 엄마는 주인의 눈과 귀가 수천 개는 되는 것처럼 생각하나 봐. 여자들은 다 그렇다니까! 아는 게 하나도 없어."

살만이 무시하듯 말을 마쳤다.

나는 그때 끼어들어서 아무것도 모르는 건 바로 너라고 말해 주고 싶었다. 살만은 여자들이 모두 멍청하고 아무 쓸모 없다고 믿고 있었다. 그렇지만 나는 살만과 똑같이 일한다. 아니, 내가 더 많이 하는 날도 있었다. 하지만 살만은 성격이 아주 거친 아이여서, 자기 말에 누군가 반대하는 것을 좋아하지 않기 때문에 난 아무 말도 하지 않았다.

살만은 반항아였다. 언젠가 이틀 동안 '무덤'에 갇히기도 했다. 더위에 고통을 당하고 전갈에게 실컷 물어뜯긴 후 밖으로 나왔을 때 살만은 땅을 보며 말했다.

"이런 건 아무것도 아니야."

살만은 벽돌 가마와 비교하면 이 세상 모든 게 아무것도 아니라고 말하곤 했다. 그렇지만 벽돌 가마가 대체 어떻게 생겼는지, 벽돌을 어떻게 만드는지 이야기해 달라고 하면 늘 싫다고 했다. 나는 그 가마가 어떻게 생겼는지 상상할 수 없었다. 그래서 제발 후사인 칸이 벽돌 가마 주인에게 날 팔지 않게 해 달라고 기도했다. 만일 그렇게 되면 난 어떻게 해야 할까?

"주인들에 대해서 나쁘게 말할 필요는 없어."

카림이 단호하게 말했다.

"후사인 칸이 없으면 어떡하게? 우리를 먹여 주고 보호해 주는 건 바로 그 사람이라고. 일해서 우리 가족의 빚을 갚을 수 있게 해 주는 것도 그 사람이고."

"맞아. 언젠가 네가 필요 없어지면 너를 길거리로 쫓아내 떠돌이로 만들 사람도 바로 그 사람이야."

살만이 놀리듯 말했다.

"그렇지 않아."

카림이 반기를 들었다.

"주인은 내가 성실하다는 것을 알아. 주인에겐 내가 필요해."

"맞아. 오줌 눌 때."

난 두 사람이 어둠 속에서 머리를 움켜잡고 싸울 것이라고 생각했다. 살만의 말이 맞았다. 카림은 언제든지 작업장에서 일어난 일이나 우리가 한 말을 후사인 칸에게 보고할 준비가 되어 있었다. 그렇지만 어떤 때는 우리 편인 것 같기도 했다. 난 카림을 잘 이해할 수 없었다.

"우리 아버지는 착한 분이셨어."

이크발이 다시 이야기를 시작했다.

"아무도 욕하지 않으셨어. 항상 당신의 운명을 받아들이셨지. 큰형의 병이 악화되어 밤마다 기침을 하고 고통스러워할 때에도 아버지는 아무 말씀도 하지 않으셨어. 마을에 가서 의사를 불러오게 하셨지. 안경 쓴 의사가 가방을 들고 왔어. 의사는 짚으로 만든 요 옆에 웅크리고 앉아 형의 가슴에 무언가 대고 소리를 들었어. 그다음에는 등에 대고 소리를 들었지. 그러더니 고개를 저었어."

"맞아. 나도 의사들이 그렇게 하는 걸 봤어."

카림이 말했다.

"그러더니 의사는 아버지와 작은 소리로 이야기를 나누었어. 의사는 모자와 대나무 지팡이를 들고 돌아갔지. 어머니는 눈물을 흘리셨어. 이미 다른 자식들을 잃어 본 경험이 있으셨거든.

다음 날 아침, 황소에 쟁기를 묶으면서 아버지가 말씀하셨어. 의사가 약을 가지고 다시 올지도 모른다고. 그 약이 형을 살릴 수도 있다고 말이야. 정말 의사가 다시 왔어. 의사와 함께 어떤 남자도 왔는데, 옷을 아주 잘 차려입은 걸로 보아 상인이거나 땅주인인 것 같았어. 그 남자도 아버지와 이야기를 나누었어. 그러더니 갑자기 허리에 묶은 띠에서 큰 주머니를 꺼냈어. 거기서 지폐를 꺼내 아버지에게 보여 주었지. 그러자 아버지가 고개를 저으면서 말씀하셨어. '싫습니다.'"

"네 형은 어떻게 되었니?"

내가 이크발에게 물었다.

"낫지 않았어. 하루 종일, 그날 밤 내내 혼수상태에 빠져 있었어. 우리 집에서 밭에 나가 일할 수 있는 사람은 아버지뿐이었어. 그때 난 너무 작고 약했고.

아버지는 오랫동안 어머니와 이야기를 나누셨어. 그런 다음 황소를 타고 마을로 가셨지. 아버지는 거의 밤이 다 되어 돌아오셨어. 그런데 아무 말씀도 없이 괭이를 들고 밭으로 나가셨어. 아버지는 밤늦게까지 일을 하셨지. 집으로 돌아오셔서는 몹시 힘들게 숨을 쉬셨어. 저녁 식사도 하지 않으셨고.

아버지는 나를 난로 옆으로 부르셨어. 그리고 어떤 사람이 아버지에게 많은 돈을 빌려주었다고 했어. 26달러나 말이야. 나는 그게 몇 루피인지 계산해 보려고 했지만 잘 되지 않았어. 그 돈이면 다음 수확까지 먹고살 수 있고, 형은 신의 가호로 다른 약을 먹고 병을 치료할 수 있었어. 그 빚을 갚으려면 내가 일을 해야 한다고 아버지가 말씀하셨지. 오랫동안 가족들을 만나지 못할 거라고도 하셨어. 그렇지만 난 카펫 짜는 기술을 배우게 될 거고, 그 기술은 내가 살아가는 데 도움이 될 거라고 하셨어."

"우리 아버지도 빚을 졌는데."

어둠 속에서 내가 조그맣게 말했다.

"둑이 무너져서 농사지은 게 모두 물에 잠겼거든."

"우리 아버지도야. 왜 빚을 졌는지는 모르겠어."

카림도 말했다.

"우리 아버지는……."

이크발이 계속 말을 이었다.

"또 이렇게도 말씀하셨어. 나 대신 여동생을 보낼 수도 있다고. 하지만 나는 말했어. '안 돼요. 저를 보내 주세요.' 아버지가 나를 껴안고 '무섭지 않니?' 하고 물으셨어. 나는 안 무섭다고 했지만, 그건 거짓말이었어.

다음 날 아침, 카펫 공장 주인이 왔어. 주인은 자동차를 타고 왔는데, 우리 어머니에게도 아주 친절했어. 나를 차에 태우곤 '너를 도시로 데려갈 거야. 네 마음에 들 거다. 두고 봐라!' 하고 말했지.

그 주인을 따라 차를 타고 가다가 나는 몸을 돌려 유리창으로 밖을 보았어. 내가 마지막으로 본 것은 황소를 세차게 채찍질해 밭으로 끌고 가는 아버지의 모습이었어. 그 불쌍한 소가 얼마나 울었는지 너희들이 들어 봤어야 하는데."

"오, 글쎄." 하며 카림이 입을 열었다.

"넌 네 아버지 빚을 많이 갚았겠다. 난 잘 알아. 많은 것을 봐 왔거든. 너처럼 일을 빨리, 잘하는 아이는 없어. 해가 산 위의 눈을 녹이듯 칠판 위의 저 표시들을 금방 지워 버릴 수 있을 거야."

미소를 지었는지 어둠 속에서 이크발의 하얀 치아가 잠깐 보였다.

"넌 똑똑하고 능력 있는 아이니까, 네가 원하면 일하는 속도는 얼마든지 빨라질 수 있어. 하지만 빚은 절대 없어지지 않아."

이크발이 천천히 말했다.

"넌 미쳤어. 괜히 심술로 그렇게 말하는 거야. 우리를 놀리려고 그렇게 말하는 거지? 주인은 매일 표시를 지우는걸. 표시가 다 지워지면 우린 집으로 돌아갈 거라고. 벽돌 만들 때도 그랬어. 한번 들어 봐. 우리는 매일 벽돌을 천 개씩 만들어야 했어. 벽돌 천 개는 100루피였지. 우리 가족은 모두 거기서 일했어. 여자 형제들도 말이야."

살만이 소리쳤다.

"그래서 빚을 다 갚았어?"

이크발이 묻자 살만이 투덜대듯 대답했다.

"아니. 그렇지만 다 이유가 있었어. 비가 와서 벽돌을 못 만드는 날도 있었지. 모래흙이어서 벽돌을 반죽할 수 없을 때도 있었고, 벽돌이 가마에서 나올 때 깨지는 경우도 있었어. 운이 나빠서……."

"너희, 빚 다 갚은 사람을 지금까지 한 명이라도 본 적 있니?"

다시 이크발이 물었다.

어둠 속에서 마리아가 내게 달라붙는 것을 느낄 수 있었다. 우리가 나누고 있는 이야기를 마리아가 알아듣고 있는지는 알 수 없는 일이었다. 나는 오늘 도착한 그 아이가 지금 우리에게 해주는 말이 무슨 말인지 알아들었고 불쾌했다. 나는 그 애에게 "넌 거짓말쟁이고 사기꾼이야!" 하고 소리치고 싶었다. 그러나 그 아이를 잘 알지는 못하지만 그래도 거짓말쟁이같아 보이지는 않았다.

"못 봤어."

우리는 차례차례 말했다.

"빚을 다 갚았다는 사람은 못 봤어."

"그렇지만……."

살만이 반박해 보려고 애썼다.

그때 문 옆에서 보초를 서며 우리 이야기를 듣고 있던 알리가 길고 정확하게 휘파람을 두 번 불었다. 경고였다. 우리는 자기 요가 있는 곳으로 미끄러져 들어갔다. 난 자 보려고 했지만 잠이 오지 않았다. 몸을 뒤척였다.

잠시 후 나는 먼지가 뒤덮인 흙바닥을 기어갔다. 이크발도 아직 잠을 이루지 못하고 있었다. 나는 다른 아이들이 듣지 못하도록 그 애의 귀에 대고 말했다.

"그게 대체 무슨 말이야? 우린 여기를 절대 떠날 수 없다는 거야? 집에 돌아갈 수 없다는 거야?"

내가 화를 내며 물었다.

이크발이 내게 넌 누구냐고 물었다.

"내 이름은 파티마야."

이크발은 잠시 말이 없었다.

"비밀 지킬 수 있니, 파티마?"

잠시 후 이크발이 소곤거렸다.

"물론이지. 내가 누구에게 말하겠니?"

"그렇다면 말해 줄게."

이크발이 목소리를 더 낮추었다.

"우린 여기서 나갈 거야. 그건 믿어도 돼."

"빚을 갚는 게 불가능하다고 네가 말했잖아."

나는 이크발이 한 말을 상기시켰다.

"맞아. 그러니 다른 방법으로 나가야 해."

"어떻게? 넌 정말 주인이 만물박사라고 부를 만하구나."

"달아나는 거야. 방법은 그거야."

"너 미쳤구나!"

"난 미치지 않았어. 우린 달아나는 거야. 나와 같이 가자."

나는 이크발을 몰랐다. 이크발은 허풍쟁이일 수도 있었다. 아
니면 정말 미친 것인지도 몰랐다. 하지만 난 이크발을 믿었다.

잠자리로 돌아왔다. 그리고 그 밤 내내 불안하게 몸을 뒤척였
다. 이크발의 말이 머릿속에 박혀 떠나지 않았다. 그것은 쇠파리
보다 더 집요했다.

'우린 달아나는 거야!'

5

한 달이 넘도록 아무 일도 일어나지 않았다. 더위는 점점 더 심해지고 일은 더 힘들어져만 갔다. 후사인 칸은 두 손을 움켜쥔 채 작업장 안을 초조하게 서성댔다. 쓸데없이 알라*나 예언자를 찾는가 하면, 우리를 협박하거나 뭔가를 약속하기도 하고, 야자 기름 범벅인 손으로 우리를 쓰다듬거나 누구든 가리지 않고 후려치기도 했다. 우리 중 경험이 많은 아이들은 후사인 칸이 왜 이런 행동을 하는지 너무나 잘 알고 있었다. 곧 손님들이 온다는 이야기였다. 아마 외국인들인 것 같았다. 주인은 우리가 짜고 있는 카펫이 아름답지 않거나 완벽하지 않아 그 고상한 신사분들

---

* 이슬람교의 유일·절대·전능의 신.

의 마음에 들지 않을까 봐 걱정하고 있었다.

　주인은 우리를 '내 꼬마들'이나 '새끼 비둘기들', 어떨 때는 '나의 사랑하는 자식들'이라고 불렀다. 가난하고 배고픈 생활에서 우리를 구해 준 게 자기고, 결국 자기가 부양해 준 덕분에 우리 상태가 이만큼이나 좋아졌다는 점을 상기시키기도 했다. 그는 우리에게 자기를 망하게 하지 말라고 당부했다. 자기가 망하면 우리도 망하는 것이라면서. 아니면 무서운 벌을 주겠다고 위협하기도 했다. 사실 우리는 손님들이 오기로 한 그 무렵에는 조금만 잘못해도 '무덤'에 갇힐 수 있다는 걸 잘 알고 있었다.

　저녁이 되면 우리는 녹초가 되었고 온종일 실을 끊느라 손가락 끝은 피투성이가 되어 있었다. 하지만 후사인 칸이 화낼까 봐 가장 눈치를 보며 두려워하는 사람은 카림이었다. 만약 주인이 그를 쫓아내기라도 하면 돌아갈 집도 가족도 없는 그는 어떻게 하겠는가? 아마 카림은 시장의 한 모퉁이에서 신심 깊은 사람들의 동정에 의지해 살아갈 수밖에 없을 것이다. 이 때문에 우리가 일하다가 잠깐이라도 고개를 들면 카림은 곧 주인에게 이르겠다고 협박했고, 매를 들 때도 있었다.

　그렇지만 밤이 되면 울거나 아파하는 우리를 가엾게 생각하기도 했다. 카림은 자기 간이침대에서 투덜거리며 일어나 정말 아무 데도 쓸모없는 약골들이라고 말했다. 그러면서도 갓을 씌운 전등을 켜고 어디에서 난 건지 모를 커다란 주석 항아리에서 연고를 꺼내 상처 부위에 바르게 했다.

우리 대부분이 카림에게 얻어맞기는 했지만, 솔직히 카림은 나쁜 사람은 아니었다. 우리는 카림의 사연을 알고 있었다. 카림은 겨우 일곱 살이 조금 넘었을 때 후사인 칸에게 넘겨졌다. 그때부터 카림의 삶은 이 작업장 안에서 이루어졌다. 후사인의 집은 그의 집이 되었고, 아마 어떤 면에서 카림은 후사인을 좋아했을 것이다. 그렇기는 해도 카림은 우리처럼 일하고, 우리처럼 울고, 우리처럼 '무덤'에 들어가기도 했다. 우리가 그렇듯이 카림역시 천성이 나쁜 것은 아니었다. 그에게 다른 길을 선택할 여지가 없었을 뿐이다. 카펫을 만들기에는 너무 커 버려서 쓸모가 없게 된 지금, 카림은 자신이 낡아 해진 신발처럼 버려지지 않을지 걱정했다.

카림이 벌을 줄 때 우리는 그를 증오했다. 그러면서도 카림의 운명이 어느 날 우리의 운명이 될 수도 있다는 것을 잘 알고 있었다. 물론 그 당시에는 우리의 미래에 대해 그다지 자주 생각하는 일은 없었지만 말이다.

주인의 위협과 약속의 폭풍에서 무사할 수 있었던 아이는 이크발뿐이었다. 후사인이 이크발을 야단치는 경우는 거의 없었다. 그 야자 기름 범벅인 손이 위선적으로 이크발을 쓰다듬는 일도 없었다. 대개 후사인은 이크발의 방직기 앞을 지나면서 일이 어느 정도 되었는지를 본 다음, 아무 말도 하지 않았다. 이크발 역시 후사인에게 전혀 신경을 쓰지 않았다. 불평도 하지 않았다. 이크발은 일하다가 한눈을 파는 일도 없었고 울지도 않았다. 후사인이 다른 아이들에게 잔소리하거나 뭔가 다른 일을 하기 위해 자기에게 등을 돌려도 그 기회를 이용하지 않았다.

"분명히 쇠사슬에 묶여 있어서 그렇게 얌전한 걸 거야."

어떤 아이가 자기 생각을 말했다.

"아니야, 아니야. 쟤가 주인의 귀염둥이가 되었기 때문이야."

다른 아이가 말했다.

난 이런 이야기가 모두 다 사실이 아니라는 것을 알고 있었다. 그렇지만 이크발은 넌지시 비꼬는 아이들의 이야기를 신경 쓰지 않았고, 자기를 놀려도 아무런 대답을 하지 않았다.

우리는 똑같은 운명을 타고나 똑같은 생활을 하고 있었기 때문에 서로 뭉쳐 하나가 되어야 했지만, 자주 편을 나누고 싸웠다. 큰 아이들은 작은 아이들을 이용했다. 마치 그렇게 하면 우리의 운명을 바꿀 수 있고 좀 더 잘 지낼 수 있기라도 하듯.

그럴 때면 이크발은 이런 말밖에 하지 않았다.

"그 아이들 그냥 내버려 둬."

어느 날 점심시간, 태양이 내리쬐는 뜰에서 우리가 한숨 돌리려고 할 때 카림이 말을 하기 시작했다. 주인을 통해 자기만 알게 된 비밀스러운 이야기를 할 때면 카림은 늘 교활하면서도 이상한 분위기를 조성했다.

"새로 온 저 친구에게 잘해야 해."

카림이 이크발을 가리키면서 말했다.

"저 애는 특별한 애야. 귀한 애라고. 후사인이 다른 공장 주인에게 하는 말을 들었어."

곧바로 아이들이 카림의 말에 귀를 쫑긋거리며 궁금해했다.

"뭐가 그렇게 특별하다는 거야?"

카림은 자기에게 관심이 집중되길 기다렸다. 처음에는 몸짓으로 이렇게 말하는 것 같았다.

'난 알지. 그렇지만 이건 비밀이라고.'

그러더니 우리 말고 자기 이야기를 듣는 사람이 아무도 없다는 것을 확인하는 듯 주위를 둘러보았다. 카림은 어깨를 으쓱하더니 땅에다 침을 뱉고 목소리를 낮춰 속삭였다. 겨우 들릴 정도로 작은 소리였다.

"지금 저 애가 짜고 있는 카펫은 다른 카펫과는 달라. 그건 하늘색 보카라 카펫이야. 들어 본 적 있니? 일 년에 두 개, 잘해 봐야 세 개 정도밖에 만들 수 없는 카펫이라고. 후사인이 말했어. 내 귀로 직접 들었다고. 그래서 이 카펫은 엄청나게 비싼 값에 팔린대. 아무나 이런 카펫을 짜는 게 아니지. 그런 카펫을 짜려면 예술가가 되어야 해."

카림은 말을 멈추더니 한 번 더 침을 뱉었다.

"그러니까, 우리 친구는 예술가야. 누가 상상이나 했겠니, 안 그래?"

서른 개의 눈이 이크발을 향해 움직였다. 아이들이 이크발에게 물었다.

"정말이니?"

이크발의 얼굴이 구운 양고기 위에 올라간 붉은 고추처럼 새빨개졌다.

"몰라."

이크발이 퉁명스럽게 말했다.

"쟤는 알고 있어. 벌써 카펫 한 개를 짰으니까. 후사인이 그랬다니까."

카림이 끼어들었다.

"정말이니? 정말이야?"

아이들이 또다시 물었다.

"난 후사인 칸을 만나기 전까지 세 명의 주인 밑에서 일했어. 그리고 그중 한 주인을 위해 그 카펫을 짰고."

"어떻게 그런 것을 짰니?"

"나도 몰라. 난 주인이 준 도안대로 했을 뿐이야."

우리는 잠시 동안 아무 말도 하지 않았다. 지금 알게 된 이 일의 의미를 곰곰이 생각해 보기 위해서였다.

"그렇다면……."

한 아이가 느릿느릿 말했다. 가족과 함께 인도에서 도망 온 지 얼마 안 돼서 아직 말이 조금 서툴렀다.

"왜 전 주인들이 널 판 거니?"

"나도 몰라."

이크발이 다시 퉁명스럽게 말했다.

이런 이야기에 이크발은 당황한 게 분명했고, 카림이 맘대로 자기 이야기를 한 게 기분 나쁜 것 같았다.

"난 알지. 그렇지만 너희들에게 이야기해 줄 수는 없어. 주인이 나를 믿고 비밀스럽게 말해 준 이야기가 떠돌아다니는 건 좋지 않으니까."

카림이 거만하게 말했다.

우리는 푸하하하! 하고 웃었다. 카림이 너무 잘난 척을 했기 때문이었다. 그러자 카림이 화를 냈다. 잠시 후 다시 모두 진정되었을 때, 계속 우물가에 앉아 있던 한 아이가 우리 틈으로 왔다. 그 아이는 남쪽 지방 출신으로 바다를 보고 자랐다는데 살이 아주 검었다.

"그러면…… 주인이 네 빚을 지워 주겠네. 그 카펫이 그렇게 비싸다면 네 빚도 다 없어질 것 아냐."

아이의 말에 모두 고개를 끄덕거렸다. 우리는 그렇게 운이 좋은 경우는 한 번도 본 적이 없었다.

"너희들, 내 말을 믿어도 돼. 이크발이 제 시간 안에 작업을 끝낼 수 있을까, 혹시 카펫을 잘못 짜지 않을까, 무슨 실수를 해서 카펫이 못 쓰게 되지 않을까, 후사인이 얼마나 걱정하고 있는지 봤어야 하는데. 물론 후사인이 이크발 빚을 지워 줄 거야. 후사인이 마음 넓고 공정한 주인이라는 건 너희들도 다 알잖아."

카림이 소리쳤다.

이 점에 대해서는 대부분이 그렇게 생각하지 않았다. 하지만 다들 질투 어린 눈으로 이크발을 보았다. 그 애는 빚을 모두 갚고 자유의 몸이 될 것이다.

"내 빚을 절대 지워 주지 않을 거야."

이크발이 천천히 말했다.

"이전 주인들도 빚을 지워 주지 않았어. 빚은 절대 없어지지 않아."

모두 한목소리로 이크발에게 대들었다. 그러면 무슨 희망을 가지고 살란 말인가. 우린 새벽부터 밤까지 일해야 한다. 그런데 이크발은 대체 자기가 뭐라고 생각하는 것인가. 가장 늦게 왔지만 누구보다 운이 좋다고 할 수 있는 이크발이 이렇게 우리를 놀릴 권리는 없었다. 이크발이 처음 온 날 밤, 같이 이야기를 나누었던 살만과 알리도 이크발이 거짓말하고 있다고 생각했다. 그때 이크발은 이곳에서 달아날 수 있다고 믿고 있었잖은가.

"넌 거짓말쟁이야!"

알리가 소리쳤다. 알리는 금방이라도 울 것 같았다.

살만은 분노로 몸을 떨었다.

그 후 며칠 동안 대부분의 아이들은 이크발에게 적의를 품었다. 이크발이 오만한 아이이고 카림처럼 후사인 칸 편이라고 말했다.

이크발의 편을 들어 보려고 했지만 난 힘없는 어린 여자아이에 불과했다.

나는 거의 매일 밤 자기 전에 이크발의 자리로 살그머니 건너가는 버릇이 생겼다. 이크발의 자리는 내 옆이었다. 우리는 이야기를 나누곤 했다. 난 이크발이 그렇게 못된 아이라고 생각하지 않았다. 주인이 이크발의 빚을 지워 준다면, 글쎄, 그건 이크발에게 잘된 일이기 때문에 난 기뻐했을 것이다.

우리는 50센티 정도의 거리를 두고 어둠 속에 앉아 도시에서 들려오는 소음을 들었다. 자동차 소리가 끊임없이 들려왔다. 다만 낮보다는 약간 멀리서, 약하게 들려왔을 뿐이었다. 갑자기 고함이 터져 나오기도 하고, 금주령을 어기고 술을 마신 사람이 마구 떠들어 대는 소리가 들리기도 했다. 또 어디서 들려오는지 짐작도 할 수 없는 이상하고 분명치 않은 소리들도 들렸다.

이크발과 나는 시골 출신이었다. 시골에서는 한밤의 어둠을 깨뜨리는 소리들은 모두 이름이 있고, 그 소리의 근원은 친근하고 다들 알고 있는 것이었다. 맹금들이 우는 소리, 굴레가 풀린 황소 울음소리, 냄새를 따라온 길 잃은 짐승들 소리, 다음 날 아침 나무껍질이 긁혀 있어 그 흔적을 확인할 수 있는 불안한 정령들이 스쳐 지나가는 소리 들이었다. 그러나 우리는 정령들조차도 무서워하지 않았다. 정령들이 눈에 보이지 않아도 그들 역시 이 세상의 일부분이기 때문이다.

하지만 우리는 도시를 몰랐다. 가족과 헤어지면서 혹은 다른 공장으로 옮겨 갈 때 주인의 트럭 차창을 통해 불과 몇 분 동안 멍하니 본 게 우리가 알고 있는 도시의 전부였다.

무엇보다 난 도시에서 많은 사람들을 보았던 게 생각났다. 그렇게 많은 사람들을 본 것은 그때가 처음이었다. 사람들은 이리 저리 달리고 있었다. 내가 보기에 그 사람들 모두 자신이 어디로 가고 있는지 모르는 것 같았다.

나와 달리 이크발은 버스를 보고 놀랐다고 했다. 파키스탄에 있는 버스들은 아주 크고 여러 가지 색이 칠해져 반짝반짝 윤이 났다. 강철로 된 몸체에 헤드라이트가 달려 있고, 경적을 울리면 들소 떼가 큰 소리로 우는 것 같은 소리를 내서 버스가 나타나면 사람들이 모두 길을 비켜 주었다. 그런 버스를 본 건 이크발도 처음이었다고 했다.

"난 버스에 타고 싶었어. 창가에 앉아 도시를 두어 번 돌면서 대체 그 많은 사람들이 어디로 달려가는지 보고 싶었거든."

이크발이 말했다.

"아니야, 아니야. 그것보다는 극장에 가는 게 제일 나아. 난 사랑 이야기가 나오는 영화를 보고 싶어. 가끔씩 카림이 그런 영화 이야기를 들려주었거든. 휘황찬란하고 큰 벽보가 붙어 있다던데? 그 위에 영화 내용이랑 영화배우들의 얼굴이 그려져 있고. 어떤 배우들은 굉장히 유명해서 길에서 만나도 알아볼 수 있대."

내가 말했다.

"배우들은 거리를 돌아다니지 않아."

"네가 어떻게 알아? 그러는 배우들도 있어."

나와 이크발은 이런 이야기 아니면 가족들 이야기를 나누었다. 아직도 기억나는 식구들이나 이제는 완전히 잊힌 사람 이야기를. 어쩌면, 조금 더 지나면 가족들이 전혀 생각나지 않을 수도 있겠다는 생각이 들었다. 난 아버지에 대해 생각나는 게 아무것도 없었다. 어머니에 대한 희미한 기억도 몇 가지 남아 있지 않았다. 그런데 이크발은 모두 기억했다. 심지어 자신이 살던 집의 물건 하나하나가 어디에 놓여 있었는지, 아버지가 매일 해가 뜨기 전 냇가로 가서 목욕을 하고 축축이 젖은 머리로 외양간으로 향한다는 것까지 세세하게 기억하고 있었다.

이크발은 이런 기억들을 잊어버리는 게 겁나서 매일 밤 잠들기 전에 하나씩 되새김질해 본다고 털어놓았다.

"왜 그러는 건데?"

내가 묻자 이크발이 대답했다.

"나를 도와주니까."

"뭘 도와준다는 거니?"

"내가 여기서 나갈 수 있게."

난 이크발을 당황스럽게 만들고 싶지 않아서 그 이야기는 더이상 하지 않았다. 이크발이 약간 잘난 척하고 싶어서, 어쩌면 처음 만나는 낯선 아이들에게 강한 인상을 남기기 위해서 그런 말을 했다고 생각했다. 아니면 달아날 수 있다고 믿는 척하는 게 이런 생활을 하는 데 도움을 주기 때문일 수도 있었다.

'이크발의 기분을 상하게 할 필요는 없어.'

나는 이렇게 생각하다가도 또 한편으로는 이런 생각이 불쑥 들기도 했다.

'만약 이크발의 말이 정말 사실이라면!'

달아나기 위해서는 갈 만한 곳이 있어야 했다. 이 작업장 밖에서, 아무것도 모르고 두려움만 주는 도시에서 내가 무엇을 할 수 있단 말인가? 이름도 알 수 없는 그 시끄러운 소음 속에서 누가 나를 보살펴 줄까? 나 역시, 평생 후사인 칸과 같이 살고 싶어 하는 카림처럼 살아야 할지도 모른다.

그러나 첩자 짓은 하지 않을 것이다.

아침마다 노력하는데도 화장실 창턱에 닿을 수 없는 것은 바로 이런 이유 때문인지도 모른다.

　게다가 이크발처럼 일해서 거의 다 빚을 갚아 곧 자유의 몸이 될 수 있는 사람이 왜 도망친단 말인가? 그건 바보 같은 짓이다.

　그래서 나는 아무 말도 하지 않았다.

　사흘 뒤 외국 손님들이 들어섰을 때, 이크발은 화장실 가는 시간을 틈타 굉장한 일을 했다.

6

특별한 아침이었다. 외국 손님들이 오면 후사인 칸은 그 사람들 앞에서 우리를 함부로 대할 수 없었다. 사람들 눈에 우리가 행복하고 만족해하는 걸로 보여야 했다.

"이 아이들이 제 제자들입니다."

후사인이 좌우로 우리를 쓰다듬으면서 말했다.

"여기서 제게 훌륭한 기술을 배우고 있습니다. 이렇게 기술을 익히면 이 아이들은 분명 장래에 배고픔과 가난에서 벗어나게 될 겁니다."

외국인들이 후사인의 말을 믿었는지는 나도 잘 모르겠다. 그들은 이상한 사람들이었다. 대개 아주 우아하게 차려입은 신사들이었는데 그 눈길이 아주 차가웠다. 가끔 여자들이 오기도 했다. 팔다리를 드러내 놓은 그 부인들의 머리칼에서는 좋은 냄새가 났는데 우리를 보고 미소 지으며 이렇게 말하곤 했다.

"정말 예쁜 아이들이네요!"

우리가 정말 예뻤을까?

어쨌든 그런 날 아침이면 우리는 평소보다 훨씬 더 맛있는 음식을 먹었다. 그래서 기분이 좋았다. 더러운 커튼 뒤 화장실에 갈 차례를 기다리면서 웃고 떠들 수 있었다. 종교가 없는 어떤 아이가 그것에 '천국의 문'이라는 별명을 붙였다.

'돌대가리들'은 이미 자기들 마음대로 하고 있었다. 그날은 외국 손님들 덕분에 발에 쇠사슬도 풀렸다. 우리는 서로 밀면서 차례를 기다렸다.

"조용히 좀 해라, 얘들아! 조용히!"

여주인이 소리쳤다. 그렇지만 다른 때와는 달리 위협적으로 종을 치지는 않았다. 대개 정오가 지나서야 퉁퉁 부은 얼굴로 바지를 추키며 나타나던 후사인도 일찍부터 정신없이 움직였다. 그는 땀을 흘리며 계속 열심히 설명하고 있는 중이었다.

카림은 뭔가 잘못되어 후사인이 자기에게 화를 낼까 봐 긴장하고 있었다. 그때까지 짠 카펫들은 창고에 준비되어 있었고, 우리가 짜고 있는 카펫은 방직기 위에 잘 보이게 놓여 있었다. 간단히 말해 거의 모두가 축제 분위기였다.

내 치맛자락에 달라붙은 마리아와 함께 차례를 기다리며 팔꿈치로 툭툭 치는 꼬마 알리와 꼬집어 대는 살만으로부터 몸을 피하려고 애쓰면서도 나는 이상한 기분을 느꼈다. 가슴에 바람이 부는 것 같은 기분이었다. 그날 아침은 아주 높이, 날 듯이 뛰어오를 수 있을 것 같았다. 처음으로 화장실 창턱 끝에 손을 대 볼 수도 있을 것 같았다.

물론 아무도 그날 어떤 일이 벌어질지 상상조차 하지 못했다.

이크발은 우리와 함께 줄을 서지 않고 자기 방직기 옆에 서 있었다. 하지만 아무도 그 애를 눈여겨보지 않았다. 내가 이크발에게 말을 건넸다. 그즈음 아이들은 이크발에게 말을 걸지 않았다. 이크발을 질투하고 있었기 때문이다. 뭔가 깊은 생각에 빠져 있는 이크발에게도 문제가 있기는 했지만. 게다가 주인은 얼마 전 이크발의 쇠사슬을 풀어 주었다. 아이들은 이것 역시 주인이 이크발에게 특별한 호의를 가지고 있다는 것으로 해석했다.

이크발은 그날 아침 화장실에 가지 않았다. 그리고 나는 아몬드나무 가지가 보이는 창문에 닿을 수 없었다.

이렇게 몇 년이 지난 뒤에도 어제 일어난 일처럼 분명하고 정확하게 기억하고 있을 정도로 그날 이크발은 아주 이상했다. 지금도 그 광경이 눈앞에 펼쳐진다. 아직도 가슴이 두근거린다.

몹시 흥분해서는 줄을 서 있는 우리 사이로 왔다 갔다 하던, 그러다 갑자기 걸음을 딱 멈추던 후사인 칸의 모습이 생각난다. 손의 움직임도 멎고 얼굴이 새하얗게 질려 있었다. 그는 우리 뒤쪽의 무엇인가를 보았다. 그의 눈이 커지고 입이 벌어져 담배로 누렇게 찌든 치아가 드러나던 모습이 선하다. 어떤 커다란 손이 머리채를 잡아 강제로 돌리기라도 한 듯 우리 모두 뒤를 돌아보았다. 결코 그 광경을 잊을 수 없으리라.

이크발은 자기가 일하는 자리 옆에 서 있었다. 이크발 뒤로는 카펫이 있었다. 꽃무늬가 복잡하게 그려진, 생전 처음 보는 하늘색 카펫은 더할 나위 없이 완벽해 보였다. 이크발은 그 카펫의 삼분의 일 정도를 짜 놓았다. 다른 그 누구보다도 빠르게, 훌륭하게 일했다. 외국인들이 그 카펫을 보면 정신을 잃을 만큼 감탄했을 것이다.

이크발 역시 창백했다. 그러나 후사인만큼은 아니었다. 이크발은 실을 자를 때 쓰는 칼을 들고 있었다. 그 칼을 머리 위로 높이 들었다. 그리고 위에서 아래로, 카펫을 정확히 반으로 잘랐다.

'안 돼, 그러면 안 돼!'

나는 속으로 소리쳤다.

쫙! 하고 카펫 갈라지는 소리가 침묵이 내려앉은 고요한 작업장 안에 퍼졌다.

후사인 칸이 상처 입은 돼지처럼 울부짖었다. 여주인도 소리를 질렀다. 카림도 소리를 질렀다. 카림은 뭐든 주인이 하는 대로 하기 때문이었다. 세 사람이 먼지와 실밥을 구름처럼 날리며 작업장을 가로질러 달려가는 것이 보였다. 그들은 서로의 발에 걸려 넘어지며 욕을 퍼붓고 정말 종교가 있는 사람이라면 입에 담기 어려운 저주의 말들을 쏟아 냈다. 그들은 뛰어도 뛰어도 목적지에 닿지 않는 꿈속에서처럼 그렇게 느리게 달렸다.

그들이 달려와 칼을 빼앗기 전에 이크발은 두 번 더 카펫을 찢었다. 세상의 그 어떤 카펫보다 아름다운 이크발의 카펫은 이제 더러운 양모 실뭉치가 되어 바닥의 붉은 흙 위에 쌓였다. 사방이 너무나 조용해졌다. 침묵은 영원히 끝나지 않을 것만 같았다. 우리는 웅크린 채 본능적으로 작업장의 한쪽 귀퉁이에 모여 섰다.

후사인 칸이 이크발 앞으로 다가갔다. 그리고 이크발을 움켜잡았다. 후사인의 얼굴이 시뻘게지고 목의 힘줄은 금방이라도 터질 듯이 부풀어 있었다. 그는 이크발에게서 빼앗은 칼을 들고 있었다. 그 끔찍한 순간에 우리는 모두 후사인이 이크발을 죽일 거라고 생각했다.

여주인은 울면서 찢어진 카펫 조각을 모아 거기 묻은 붉은 흙먼지를 털어 냈다. 마치 어떤 기적이 일어나 조각난 카펫들이 다시 붙기라도 할 것처럼. 카림은 자기와는 전혀 상관없는 일인데도 절망적으로 머리를 움켜쥐었다.

후사인이 식식거리며 말했다.

"염병할 놈 같으니! 전 주인들이 네가 반항아에 배신자라고 했어. '후사인, 절대 그 녀석을 믿으면 안 돼! 살무사 같은 놈이야, 독사라고. 배은망덕한 놈이야.'라고 했어. 그래, 내가 바보지. 눈이 멀어 아무것도 못 본 거야. 생각을 했어야 했는데…… 넌 네 행동의 대가를 치르게 될 거다, 대가를 치러야 해."

"무, 무덤에……. 무덤에 처넣어 버려요. 다시는 못 나오게!"

여주인이 소리쳤다.

그들은 이크발의 팔을 잡고 마당으로 끌어냈다. 우리는 문 앞에 서서 겁에 질린 병아리 떼처럼 그들을 지켜보았다. 이크발이 돌투성이 마당에 내동댕이쳐져 무릎이 다 까지고 팔이 우물가에 부딪히는 것이 보였다. 주인은 마당 끝, 눈에 잘 띄지 않는 철문 앞에서 걸음을 멈췄다. 경첩이 녹슬어 문을 여는 데 힘들어 보였다. 우리는 이크발을 끌고 어두운 계단 아래로 사라지는 주인의 모습을 보았다. 그리고 밤마다 악몽에 등장하는 그 무시무시하고 두려운 소리, '무덤'의 뚜껑이 열린 뒤 탕! 하고 내려지는 소리를 들었다. 그 소리는 무더위가 내려앉은 마당에 오랫동안 울려 퍼졌다.

숨을 쉴 수도 없었다. 바람 한 점 없었다. 먼지도 일지 않았다. 파리들이 계속 다리에 달라붙었지만 아무도 그것들을 쫓을 생각을 하지 않았다.

후사인 칸이 지하에서 다시 위로 천천히 올라왔다. 그의 걸음걸이가 무거워 보였다. 우리는 그가 한 계단, 한 계단 올라오는 소리를 들었다. 햇빛 속으로 다시 나온 후사인이 눈을 찡그렸다. 그는 철문을 발로 한 번 차서 닫아 버리고 우리가 있는 쪽으로 왔다. 우리는 그때까지 작업장 입구에 꼼짝도 않고 서 있었다.

후사인이 "가서 일해!" 하고 고함을 쳤다.

우리는 각자의 방직기 앞으로 돌아와 다시 일하기 시작했다.

모두 함께, 똑같은 움직임, 똑같은 소리.

드륵, 드륵, 드륵.

후사인은 우리 등 뒤에 아무 말 없이 서 있었다. 그의 눈길에 등이 뚫리는 것 같은 기분이었다.

이제 축제는 끝난 것이다.

내 오른쪽에서 일하던 알리가 후사인 몰래 잠깐 내 쪽으로 몸을 돌리는 데 성공했다. 알리는 입만 움직여 내게 소리 없이 물었다.

"왜 그랬을까?"

나는 재빨리 신호를 보냈다.

"몰라."

돌을 깔아 놓은 마당으로 끌려가다가 '무덤'으로 이어지는 계단 밑으로 사라지기 직전에, 이크발은 머리를 뒤로 젖혀 나를 바라보았다. 바로 나를. 난 그렇게 믿었다. 이크발은 어둠 속으로 빨려 들어가기 전, 오랫동안 나를 바라보았다. 이크발은 내게 뭔가 말하고 싶어 했다. 어쩌면 자기가 왜 그런 행동을 했는지, 왜 그렇게 어리석은 행동으로 주인에게 도전했는지 말하고 싶었는지도 모른다.

난 내가 이크발이 보낸 눈빛의 의미를 제대로 해석한 것인지 확신할 수 없었다. 그러나 한 가지만은 분명했다. 이크발은 그 순간 우리처럼 두려움에 떨고 있었다.

그래도 이크발은 그렇게 했다.

7

 '무덤'은 마당 밑에 파 놓은 낡은 물탱크였다. 철문 쪽으로 올라오는 축축하고 미끄러운 계단 위에 쇠로 된 맨홀 뚜껑이 덮여 있었다. 그 아래쪽에는 햇빛이 들지 않았다. 거기에 들어갔던 아이들이 그 사실을 확인해 주었다. 오후가 되어서야 세월이 만들어 놓은 구멍과 녹슬어 갈라진 틈으로 한두 줄기 햇살이 겨우 그 안으로 스며들어 올 뿐이었다. 그 안에는 공기도 부족해서 숨이 막힌다고 했다.
 "숨도 쉴 수 없었어."
 몇 달 전 무덤에 들어갔었던 살만이 말했다.
 어느 날 아침, 살만은 달리다가 우리에게 줄 음료를 가져오던 여주인과 부딪혀 노란색과 파란색 꽃무늬가 들어간 법랑 주전자를 깨뜨렸다는 이유로 무덤에 들어갔다.

"숨이 막혀서 미쳐 버릴 것 같았어. 공기가 부족해지면 누군가 내 목을 잡고 죄는 것 같거든. 게다가 어두워. 어둠 속에 오래 있다 보면 형체들이 이상하게 보여. 색깔도 마찬가지야. 그렇다고 그런 게 무서움을 이기는 데 도움이 되지도 않아. 오히려 더 무섭기만 해. 나는 그런 어둠 속에 있다가 밖에 나와서 미친 사람을 알고 있어. 아무도 그를 알아보지 못했지."

"거미도 있어."

다른 아이가 말했다. 산악 지대에서 온 그 아이는 말을 계속 더듬었다.

"전갈처럼 크고 끄, 끔찍해. 독이 있는데 찌르기도 하고 무, 물기도 해. 또 물뱀도 있어."

"물뱀이 어디 있니. 그 안엔 이제 물이 없어."

살만이 비아냥거렸다.

"내, 내가 봤다니까."

"넌 무덤에 들어가 본 적도 없잖아. 입 다물고 있는 게 좋을걸."

산악 지대에서 온 아이가 반박하자 살만은 그 아이가 더 이상 말을 하지 못하게 으름장을 놓았다.

우리는 그날 밤 허기지고 피곤한데도 모두 깨어 있었다. 주인은 해가 진 뒤에도 강제로 한 시간 더 일을 시키고 저녁도 주지 않았다. 외국 손님들이 왔다. 우리는 보지도 못했지만 그들은 자동차와 트럭에 카펫을 가득 싣고 떠나 버렸다. 후사인 칸은 비싸게 카펫을 파는 게 분명했다. 대개 외국 손님들이 가고 나면 후사인은 아내와 함께 밤늦게까지 잔치를 했다. 우리는 라디오 소리와 전축이란 기계에서 나는 소리를 들었다. 전축에 대해서 설명해 준 것은 카림이었다. 그러나 그 소리는 마을 사람들이 모이는 가축 시장에서 듣던 귀에 익은 음악 소리가 아니었다. 시끄러운 소리가 가득한 이상한 음악이었다. 우리는 그 노랫소리를 하나도 알아들을 수 없었다.

"희한하게 생긴 물건이야."

카림이 자기는 다 안다는 듯 말했다.

그렇지만 그날 밤 주인집은 두려울 정도로 어둡고 고요했다.

"대가를 치르게 될 거야."

후사인이 잠자리에 들기 전에 말했다.

"너희 모두 친구가 한 짓에 대한 대가를 치러야 할 게야. 너희들도 이크발과 같은 생각을 가지고 있었잖아. 분명해."

바보 같고 겁 많은 아이 두 명이 자기들은 아니라고, 이크발과 아무 상관이 없다고 변명하려 했다. 그러나 그 아이들은 다른 아이들 때문에 아무 말도 하지 못했다. 다른 아이들이 그 아이들을 쿡 찔렀다. 이번에는 그 누구도 이크발에게 화내지 않았다.

"이렇게 더운데 어떻게 저 아래에서 살아남을 수 있을까?"

내가 소곤거렸다.

"꼭 화덕 앞에 있는 것 같을 거야."

살만이 투덜거렸다.

"어쩌면 더 더울지도 모르지. 나는 한여름에 무덤 안에 들어갔다 나온 아이는 한 번도 본 적이 없어. 너희들은?"

모두들 고개를 저었다.

그날 오후의 태양은 무자비했다. 우리는 밤인데도 완전히 땀으로 뒤범벅이 되어 있었다. 열이 날 때처럼 머리가 뜨거운 것 같았다.

"이런 한여름에는 무덤에서 살아 나올 수 없을 거야."

그 말에 난 "그만해! 그만하라고!" 하고 소리치고 싶었다.

내 옆에 있던 마리아와 알리는 두려움으로 몸을 떨었다.

"한여름에 무덤에서 나온 사람을 한 명 보았어."

카림이 어른같이 묵직한 목소리로 말했다.

"후사인이 그 아이를 닷새 동안 무덤에 가둬 두었지. 오래전 일이야. 난 그때 아직 어렸어. 그렇지만 생생하게 기억이 나. 그 아이는 나보다 더 컸는데 어디서 왔는지는 생각나지 않아. 귀가 한쪽 없었는데 분위기가 아주 험상궂었어. 들개 같았지. 우린 정말 그 애가 무서웠어."

"뭘 어떻게 했는데?"

"일하려 하지 않았어. 일하기를 거부했지. 그게 그 애가 한 일이야. 그래서 후사인이 채찍으로 때렸어. 온몸을 한 군데도 빼지 않고. 너희들이 봤어야 했는데. 그 아이는 비명도 지르지 않았어. 정말 개하고 똑같았다니까."

"그래서?"

"그래도 계속 일하기를 거부해서 후사인이 그 애를 죽여 버리겠다며 다시 채찍을 들고 다가갔어. 그리고 무슨 일이 벌어졌는지 아니? 그 애가 후사인을 물어 버린 거야. 후사인의 팔을 물고 놓지 않았지."

카림이 바닥에 침을 뱉었다.

"정말 개하고 똑같았어."

"그래서 주인이 그 애를 무덤에 넣은 거니?"

"닷새 동안 가둬 두었지."

"그리고 나왔어?"

"나오긴 나왔는데 꼭 죽은 것 같더라. 팔을 잡아당기니 움직이기는 했어. 온몸이 완전히 더위로 익어 있었어. 살점도 떨어져 나갔고. 그 애는 일주일 동안 자기 요에 누워 앓았어. 우리가 젖은 수건을 이마 위에 올려놓아 주었지. 그 뒤 그 애는 다시 자리에서 일어나서 일하기 시작했어. 내 생각은 이래. 그렇게 되기 전에 일을 했으면 더 좋지 않았겠어? 어쨌든 그 애는 더 이상 이전의 그 애가 아니었어. 여전히 개 같기는 했지만 항상 꼬리를 내리고 있는 그런 개였어."

"이크발은 그렇지 않을 거야."

내가 소리쳤다.

"이크발도 결국 후사인의 말을 듣게 될걸. 넌 대체 무슨 생각을 하는 거니? 그 앤 특별한 아이가 아니야. 그래, 이전 주인들에게도 항상 반항했던 것 같기는 하더라. 후사인이 그런 말을 하는 것을 들었어. 그래서 이크발이 그렇게 일을 잘하는데도 주인들이 이리저리 팔아 버린 거지. 그렇지만 후사인은 그런 애를 어떻게 다루어야 하는지 잘 알고 있어."

카림이 말했다.

"이크발은 굴복하지 않을 거야. 우리가 이크발을 도와줘야 해."

몇몇 아이들이 내 말에 동의하듯 소곤거렸다.

"이크발을 도와준다고? 우린 그 애 때문에 저녁도 굶었어."

"입 다물지 그래. 그래도 넌 먹었잖아."

살만이 카림의 말을 되받아쳤다.

"내게 감춰 둔 빵이 좀 있어."

"난 물이 좀 있어."

살만에 이어 나도 나섰다.

"가자."

"너희들 미쳤구나! 내가 너희들을 가게 할 것 같니……. 주인이 이 사실을 알면 가만두지 않을 거야!"

카림이 소리쳤다.

"조용히 해!"

살만이 단호하게 말했다.

우리는 작업장의 문까지 살금살금 다가갔다. 매일 밤 후사인 칸은 낡은 삼중 열쇠로 문을 잠갔다. 나는 늘 후사인이 쓸데없는 짓을 한다고 생각했다. 대체 우리가 어떻게 달아날 수 있단 말인가? 그렇지만 밖으로 나가야 하는 지금, 어떻게 해야 할지 알 수가 없었다.

"쟤가 열쇠를 가지고 있어."

살만이 카림을 가리키며 말했다.

"열어, 빨리."

"포기해."

"이렇게 하자. 문을 열고 너도 우리랑 같이 가는 거야. 주인이 이 사실을 알게 되면 넌 달아나려는 우리를 붙잡으려고 뒤쫓아 왔다고 말하면 될 거야. 그렇지만 네가 우리를 도와주지 않으면, 내 말은……."

사실 카림은 아주 키가 컸지만 마르고 약했다. 그리고 절대 용기 있는 사람이 아니었다. 반면 살만은 황소처럼 몸집이 좋아서 모두들 무서워했다.

카림은 머리를 긁적이다가 한 다리를 짚고 마지못해 일어섰다. 그는 자기 편이 되어 줄 사람을 찾기라도 하듯 주위를 둘러보았다. 그러나 아무도 찾지 못하자 땅에 침을 뱉으며 말했다.

"빌어먹을 놈들!"

카림은 바지 속에서 큰 열쇠를 찾았다. 코를 한 번 비튼 뒤 다시 한번 마지못해 그렇게 하는 듯한 몸짓을 했다. 그런 다음 문을 열었다.

우리는 자정이 조금 지나서 밖으로 나왔다. 달도 뜨지 않은 밤이었다. 하늘은 깜깜하고 구름 한 점 없었다. 우리 고향에서는 여름 하늘에 구름이 떠다니는 일이 거의 없었다. 한줄기 바람이 불어왔다. 나무 잎사귀를 겨우 흔들 정도로 약한 바람이었다. 우리는 잠깐 동안 문 앞에 서서 얼굴의 땀을 닦았다.

'저 밑은 어떨까?'

나는 생각했다. 그리고 곧 무서움 때문에 몸이 떨렸다.

나, 살만, 그리고 꼬마 알리가 샘이 있는 곳까지 기어갔다. 꼬마 알리는 우리를 따라가겠다고 고집을 부려 데려가게 되었다.

주인집은 어둡고 위협적인 모습이었다. 우리는 후사인 칸이 황소처럼 깊은 잠을 잔다는 것을 잘 알고 있었다. 어떤 날 밤엔 천둥소리 같은 코골이 소리가 주인집에서 들려오기도 했다. 그렇지만 여주인은 부스럭거리는 소리나 날개를 퍼덕이는 새 소리에도 잠이 깼다. 우리는 가운을 입은 여주인이 한밤중에 사납게 투덜거리며 마당 구석구석을 돌아다니고 살피는 것을 여러 번 보았다.

'혹시 들키면?'

우물가에서 조금만 달려가면 후사인의 트럭에 몸을 숨길 수 있었다. 휘발유 냄새와 기름 타는 냄새가 났다. 그렇지만 거기서 무덤으로 이어지는 철문까지 가려면 몸을 숨길 데가 하나도 없는 마당을 한참 가로질러 가야 했다. 그것도 주인집 창문 바로 밑으로 지나가야 했다. 여주인의 잠을 깨우지 않고 마당을 지나가는 건 불가능한 것 같았다. 난 그때 여주인이 창문의 커튼 뒤에 몸을 숨기고 서 있다고 생각했다. 다른 짐승을 잡아먹는 동물처럼 우리가 한 걸음만 더 내딛기를 기다리고 있다고.

잠시 동안이지만 난 이렇게 생각했다.

'되돌아가는 게 더 나을지도 모르겠어.'

그렇지만 곧 부끄러워졌다. 나는 여드름투성이인 살만의 얼굴을 돌아보았다. 어쩌면 살만도 나와 같은 생각을 하고 있는지 몰랐다. 하지만 살만은 자기가 어떻게 해야 할지 알고 있었다. 난 여자아이고, 알리는 아직 너무 어렸다.

"내가 먼저 갈게."

살만이 침을 세 번 삼킨 뒤 조그맣게 말했다.

살만은 입에 빵 꾸러미를 물고 팔꿈치와 무릎으로 기기 시작했다. 아주 느리게 기어갔다. 세상에, 그렇게 느리게 가다니. 정말 큰일이었다. 주위가 어둡기는 했지만, 멀리 떨어진 곳에서도 하늘을 향해 쳐든 그 엄청나게 커다란 엉덩이를 볼 수 있을 것 같았다. 그가 움직일 때마다 마당의 돌들이 끔찍할 정도로 요란한 소리를 냈다. 살만은 어둠 속으로 사라졌다. 후사인의 코 고는 소리가 잠시 끊어진 그 짧은 순간에 퉁퉁, 소리가 들렸고 뒤이어 가벼운 휘파람 소리 같은 게 들려왔다.

"가!"

내가 소리치자 알리는 새끼 고양이처럼 재빠르고 가볍게 달려가서는 눈 깜짝할 사이에 시야에서 사라져 버렸다.

또다시 휘파람 소리가 들렸다.

'자, 이제 내 차례야.'

숨어 있던 곳에서 나오면서 내가 너무 허약하고 겁이 많다는 생각이 들었다. 난 물병을 손에 들고 기어야 했다. 물병은 내가 걸음을 뗄 때마다 뒤집힐 듯 위태로웠다. 2미터, 어쩌면 3미터를 갔는지 모르겠다. 마당에 깔린 날카로운 자갈들 때문에 무릎이 다 까졌다. 칠흑 같은 어둠이었다. 내 옷이 땅에 스칠 때 나는 소리, 어둠 속에서 두근거리는 심장 소리, 점점 더 가빠지는 내 숨소리. 이 모든 게 너무 요란한 소리를 내는 것 같았다.

나는 주인들의 침실 창문 바로 밑에 있었다. 최대한 땅에 납작 엎드린 채 물병을 든 한 손만 높이 들었다.

더 이상 갈 수가 없었다. 들키게 될 것이다. 나도 결국 전갈과 물뱀이 우글거리는 무덤 속에 갇히고 말 것이다. 나는 분명 무덤 안에 물뱀도 있다고 믿었다. 살만이 무덤에 대해 너무나 실감 나게 이야기해 주었던 것이다.

나는 철문에 등을 기대고 앉아 기다리고 있던 살만과 알리의 몸에 부딪히고 말았다.

"해냈구나!"

"너 정말 빠르더라!"

"카림은 어디 있지?"

우리는 주위를 둘러보고는 조그맣게 이름을 불렀다.

"카림! 카림!"

하얀 옷을 입은 사람이 어둠 속에서 서서히, 유령처럼 나타나는 게 보였다. 키가 크고 마른 사람이었다. 그는 주머니에 두 손을 찔러 넣은 채 천천히 침착하게 평소처럼 걷고 있었다. 휘파람까지 불면 어울릴 판이었다. 그는 술탄의 정원에서 산책하는 사람 같았다. 카림이었다. 우리가 있는 곳으로 와서 다급한 얼굴로 쳐다보았다.

"절대 소란을 떨면 안 돼. 알겠어?"

"가만있어, 바보야!"

철문은 단단하고 무거웠다. 경첩은 녹이 슨 데다 풀이 뒤얽혀 있었다. 문을 잡아당겨 보았지만 거의 꼼짝도 안 했다.

"더 힘을 줘 봐, 자!"

문이 몇 센티미터 움직이며 한 뼘 정도 되는 틈이 벌어졌다. 지하에서 축축하고 무거운 악취가 올라왔다.

"더 세게!"

문이 삐걱거리며 움직였다. 귀에 거슬리는 소리가 한밤을 갈라놓았다.

"빨리!"

불이 켜졌다.

우리는 사냥꾼 때문에 놀란 동물처럼 몸이 굳어 움직일 수 없었다. 나는 그 자리에 그냥 있어야 하는 건지, 아니면 재빨리 달아나야 하는 건지 알 수 없어서 다리가 떨렸다.

내 머릿속에서 누군가가 소리쳤다.

"달아나! 달아나!"

살만이 내 팔을 잡으며 속삭였다.

"움직이지 마!"

침실의 창문이 열렸다. 창 모양의 사각형 빛이 앞마당을 비추었다. 누군가, 아마 여주인이 머리를 내밀고 사방을 둘러보았을 것이다.

우리를 본 것 같았다. 우리를 보지 않을 수 없었다.

"이상한 소리를 들었어요. 분명히 말하지만 꿈을 꾼 게 아니에요. 망할 놈의 녀석들일 거예요."

잘 알아들을 수는 없었지만 방 안에서 뭐라고 투덜거리는 소리가 들렸다.

"당신! 당신은 옆에서 대포를 쏴도 모를 거예요! 가서 보고 와 야겠어요."

또다시 아까보다 더 길게, 더 화를 내며 투덜거리는 소리가 들 렸다.

여주인이 상체를 완전히 창문 밖으로 내밀고 졸음이 가득한 눈으로 우리가 있는 쪽을 보았다. 우리는 불과 20여 미터밖에 떨 어지지 않은 곳에 있었기 때문에 관목 위의 반딧불처럼 금방 눈 에 띌 게 분명했다.

그렇지만 여주인은 우리를 보지 못했다. 왜 그랬는지 모르겠 다. 여주인은 계속 여기저기를 둘러보며 투덜거리다 요란하게 창문을 닫고 불을 껐다.

우리는 기다렸다. 그 기다림의 시간이 영원처럼 길게 느껴졌 다. 두근거리던 가슴이 천천히 정상으로 돌아왔다. 후사인 칸의 코 고는 소리에 우리는 안심했다.

우리는 한 줄로 서서 가파르고 미끄러운 계단을 내려갔다. 공 기가 점점 더 탁해져서 숨쉬기가 곤란했다. 다시 땀으로 뒤범벅 이 되었다. 우리는 더듬더듬 앞으로 나가며 이끼로 뒤덮인 끈적 끈적한 벽을 잡아 보려고 애썼다. 발에서 금속의 소리가 났다. 무덤을 에워싼 철망이었다.

"이크발! 이크발!"

내가 천천히 그 애의 이름을 불러 보았다. 카림은 바지 깊숙한 곳에서 성냥갑을 꺼냈다. 희미한 성냥불 아래 이크발이 보였다. 이크발은 구석에 웅크리고 앉아 있다가 겨우 일어서서 우리가 있는 쪽으로 걸어왔다. 입술은 갈증으로 다 갈라지고 눈에는 힘이 없어서 성냥 불빛조차도 부신 것 같았다.

무덤을 이루고 있는 수조는 아주 넓었다. 그러나 높이가 아주 낮아서 일어서면 손가락 끝으로 철망을 만질 수 있을 정도였다.

나는 이크발에게 물병을 넘겨주었다. 이크발은 물을 벌컥벌컥 들이켜고 나머지는 상처투성이의 얼굴에 끼얹었다.

이크발은 목이 너무 타서 그런지 말을 하지 못했다. 우리는 이크발에게 물어보고 싶은 게 수도 없이 많았는데, 막상 지하에 내려오니 무슨 말을 해야 할지 알 수가 없었다. 이상한 일이었다.

나는 가슴이 뭉클하고 머릿속이 혼란스러웠다. 그리고 다친 이크발을 보자 가슴이 조이는 것처럼 아팠다. 겨우 첫날인데 이렇다니! 살만은 당황해서 어쩔 줄 몰라 했다. 카림은 우연히 이곳에 왔으며 지금 벌어지는 일이 자기와는 아무런 관련도 없다는 듯한 태도였다.

알리는 철망 사이로 몸을 내밀었다. 그리고 이크발의 손을 잡왔다.

"잘 버텨야 해. 이제 우린 네 편이야."

알리가 이크발에게 말했다.

"우리가 매일 밤 찾아올게."

"그래. 네가 용기 있는 아이라는 건 인정해야겠다."

나와 살만이 하는 이야기를 듣고는 카림이 화를 냈다.

"젠장, 또 온다고? 난 위험한 일은 절대 다시 하고 싶지 않아."

"고마워, 친구들."

이크발이 울먹였다. 그의 목소리는 철사처럼 가느다랬다.

우리는 매일 밤 이크발을 만나러 갔다.

8

이크발은 사흘 뒤에 무덤에서 나왔다. 팔은 물집과 벌레들에게 물린 자국투성이인 데다가 다리까지 절며, 햇빛에 눈을 찌푸리며 걸어 나오는 이크발은 너무나 가여워 보였다. 하지만 그와 동시에 커다란 자부심 같은 것이 느껴졌다. 우리는 소리 지르고 박수 치며 기뻐하고 싶었지만, 매섭게 우리를 노려보는 후사인 칸의 눈 때문에 입을 다물고 있을 수밖에 없었다.

주인은 이크발에게 하루를 쉬게 해 주었다. 우리 역시 호기심을 누르고 불안하게 잠들어 있는 이크발을 깨우지 않았다. 우리는 순서를 정해 놓고 잠들어 있는 이크발을 지켜보며 차가운 물수건으로 그 애의 고통을 조금이나마 덜어 주려고 했다. 우리가 밤마다 음식과 물, 그리고 알리가 정원에서 몰래 딴 오렌지를 가져다주었기 때문에 이크발이 금방 건강을 되찾을 수 있으리라 믿고 안심했다.

이크발이 드디어 자리에서 일어나 우리와 함께 아침 식사를 하러 왔을 때 살만이 말했다.

"형제여, 넌 정말 강한 아이야. 후사인 칸에게 그런 일을 할 수 있을 정도로 용기 있는 애는 한 명도 없었어. 카펫 사건 때문에 후사인이 아직도 치를 떨고 있는 거 알아? 그렇지만 넌 바보 같기도 해. 그런 식으로 반항해서 무슨 소득이 있겠니? 사흘 동안 무덤에 갇힌 것, 이것밖에 없잖아."

"너희들도 위험을 무릅쓰고 한밤중에 나와서 나를 도와줬잖아. 그게 만일 주인에게 들켰으면 무슨 소득이 있었겠니?"

이크발이 반박했다.

"그거하고 이거하고 무슨 상관이야? 우린 너를 위해 그렇게 한 거라고."

"그래. 나 역시 어떤 의미에서 본다면, 나만을 위해서가 아니라 너희를 위해서도 그렇게 한 거야."

"그게 무슨 말이야?"

내가 물었다.

"말하자면 우리가 이런 생활을 하는 건 옳지 않다는 뜻이야.

우린 우리 가족에게 돌아가야 해. 노예처럼 쇠사슬에 묶여 방직기 앞에서 일하고 있어서는 안 된다는 거야."

"나도 집에 돌아가고 싶어. 그렇지만 그럴 수가 없잖아."

"왜 그럴 수가 없다는 거니?"

이크발이 나에게 되물었다.

"왜냐하면…… 왜냐하면……."

살만이 분통을 터뜨렸다.

"주인이 우리보다 힘이 세니까 그렇지. 항상 그랬다고! 우리에게 신경을 써 주는 사람은 아무도 없었어."

"우리를 도와줄 사람을 찾을 수 있을 거야. 밖에서. 누군가 우리를 도와줄 거야."

우리는 놀라서 입을 벌린 채 이크발을 바라보았다.

"밖에서? 대체 무슨 생각을 하고 있는 거니?"

"몰라."

이크발이 말했다.

"너 무덤에서 더위 먹은 것 같다, 형제. 여기 있는 애들 모두 겁먹고 있어."

살만이 커다란 머리를 저으며 말했다.

"그렇지 않아. 넌 이제 겁 같은 건 없어. 파티마도 마찬가지고.

알리도 그래."

"난 아무도 겁나지 않아!"

이크발의 말에 알리가 내 치마 뒤에 숨어서 분명하게 말했다.

"카림도 예전처럼 겁을 내지 않는다고. 안 그러니?"

"너희들 그 바보 같은 이야기 속으로 날 끌어들이지 마. 그리고 난 원래 겁나는 거 하나도 없어."

카림이 화를 냈다.

"후사인도?"

"난 후사인을 무서워하는 게 아니야. 난 그를 존경한다고. 이건 다른 이야기야."

"그러셔!"

"내 생각엔 다른 아이들도 그렇게 겁이 많은 것 같진 않아."

이크발이 말했다.

그때, 눈에 익은 주인의 그림자가 마당을 가로질러 가까워지고 있다는 걸 알게 된 카림은 우리에게 마구 소리를 질러 댔다.

"한 줄로! 한 줄로!"

한 달이 지나서도 모든 일들은 표면상으로 예전과 다름없이 계속되었다. 하루하루가 변함없이 똑같았다. 한여름의 더위가 점차 한풀 꺾이고 밤중이면 가끔씩 번개가 쳤다. 번개로 하늘이 갈라지면서 잠시 환해지는 게 곧 비가 올 것 같았다.

어느 날 밤, 우리 중 가장 나이가 많은 남자아이가 주인과 함께 떠났다. 그 뒤로 그 애를 더 이상 볼 수 없었다. 아마도 후사인 칸이 다른 주인에게 팔아 버린 것 같았다. 아무도 알 수 없는 일이었다. 그러나 우리는 우리 주위에서 끊임없이 벌어지는 이런 사건들에 이미 익숙해져 있었다. 그래서 그렇게 안타까워하지도 않았다. 아니, 적어도 그런 모습을 보이지 않으려고 했다.

며칠이 지나고 그 남자애 대신 다른 남자아이가 왔다. 키가 크고 몹시 마른 아이였다. 어찌나 말랐는지 갈비뼈가 다 튀어나와 그 갈비뼈 하나하나를 다 셀 수 있을 정도였다. 곧 우리는 그 애에게 '나뭇가지'라는 별명을 붙였다. 이틀 뒤 그 애는 한 손을 다쳤다. 후사인은 그 손을 붕대로 묶어 주고 쉬게 했다. 그러고는 운이 나빠 이런 사고가 났다고 하늘을 향해 큰 소리로 한탄을 해 댔다. 나뭇가지가 아무것도 하지 않은 것은 아니었다. 그 애는 마당비를 들고 작업장과 마당, 어떤 때는 주인집까지 청소하는 임무를 맡게 되었다. 하루 종일 한쪽 팔을 목에 걸고 왔다 갔다 했다. 그 애가 빗자루질을 하면 먼지가 더 일었다. 그 애는 긴급 비밀 편지를 전달하는 우리의 우체부가 되었다.

또 그때 우리 사이에 이질*이 퍼져서 모두가 어쩔 수 없이 커튼 뒤의 화장실에 필요 이상으로 자주 들락거리게 되었다.

간단히 말해 그 외에 특별한 것은 아무것도 없었다.

하지만 지금 와서 생각해 보면 그때 분위기는 뭔가 달랐다. 물론 당시에는 그게 무엇인지 알 수 없었지만. 설명하기 어려운 무엇인가가 있었다. 작업장의 분위기가 바뀐 것 같았다. 우리는 보통 때와 다름없이 일하고 있었다. 보통 때와 다름없이 후사인의 신경질을 고스란히 받아 내고 있었다. 매일 밤 주인이 각자의 칠판에 적힌 표시 하나를 지우개로 지우는 것을 보았다. 그런데도 표시는 언제나 변함없이 너무 많이 남아 있었다. 그렇지만 예전처럼 열심히 일하는 아이는 아무도 없었다. 점심 휴식 시간이 지나면 우리는 발을 질질 끌고 투덜거리며 가능한 한 느릿느릿 작업장 안으로 들어갔다. 끝날 것 같지 않은 긴 오후엔 한눈을 팔기도 하고 잡담을 하기도 하고 심지어 우리끼리 웃기도 했다. 후사인 칸이 고함을 지르며 위협하면 겉으로는 조용해진 것 같았지만 그것도 몇 분뿐이었다. 나뭇가지는 여기저기 돌아다니며 먼지를 일으켜서 그런 어지러운 분위기에 부채질을 했다.

---

* 변에 곱이 섞여 나오며 뒤가 잦은 증상을 보이는 감염병.

어느 날 산악 지대 출신 말더듬이 모하마드의 방직기가 고장 났다. 후사인 칸이 이건 분명 진짜 태업이라고 확신했지만 증거가 없었기 때문에 그 아이를 야단칠 수도 없고 일주일 동안 무덤에 처넣어 썩힐 수도 없었다. 다른 방직기에서도 실감개들이 뒤얽혀 그것들을 다시 제대로 작동시키는 데 몇 시간이 걸렸다.

이크발은 다시 조용해졌다. 주인은 이크발이 찢어 버린 카펫을 처음부터 다시 짜라고 명령했다. 이크발은 분명하고 정확하게, 능숙하고 재빠르게, 아무 일도 없었다는 듯이 자기 일을 했다. 후사인 칸은 드러내지 않고 계속 이크발을 감시했다. 뒷짐을 지고 매서운 눈으로 작업장 안을 돌아다니다가 가끔씩 이크발이 뭘 하고 있는지 보려고 갑작스레 몸을 휙 돌리곤 했다. 후사인은 신경질적이었다. 심지어 겁먹은 것처럼 보였다. 카펫이 완성되어 갈수록 점점 더 예민해지고 화를 더 많이 냈다. 그렇지만 이크발에게는 한마디도 하지 않았다. 야단도 치지 않았다.

아주 이상한 분위기였다.

"후사인은 내가 또다시 카펫을 찢어 버릴까 봐 겁내고 있는 거야. 그렇게 되면 그에게 막대한 손해가 될 테니까."

이크발이 우리에게 설명해 주었다.

"그렇지만 네가 또 그렇게 바보 같은 짓을 할 건 아니잖아, 안 그래?"

내가 걱정이 되어서 물었다.

"물론 아냐! 난 그럴 생각 전혀 없어."

이크발이 날 안심시켰다.

이제 우리의 밤 모임은 하루 일과가 되어 버렸다. 우리는 주인 집의 불이 꺼지기만을 기다렸다. 후사인이 그 낡은 열쇠를 채우고 마당으로 멀어져 가는 소리를 듣자마자 우리는 누워 있던 요에서 빠져나와 둥글게 모여 앉았다. 항상 모이는 아이들에 나뭇가지가 가세했다. 나뭇가지는 아주 이상하고 재미있는 아이였다. 가끔 항상 모이는 아이들 말고 다른 아이가 끼기도 했다.

"우리 같이 도망가자."

나뭇가지가 제안했다.

"주인 얼굴 좀 봐. 난 정말 참을 수가 없어. 그 이전 주인들보다 훨씬 나쁘다니까. 강도떼가 되어서 도시로 가는 트럭을 습격하자."

"왜 하필이면 트럭이니?"

"트럭엔 먹을 게 엄청 많잖아."

모하마드가 평상시처럼 말을 더듬으면서 끼어들었다.

"그, 그만둬! 우리는 산으로, 그러니까 우리 고향 쪽으로 도, 도망쳐야 해. 주인이 거기까지 차, 찾으러 올 수는 없을 거야."

"그래, 그런데 주인은 산에 살던 너를 어떻게 찾아서 이리 데려왔니?"

"운이 나, 나빴던 거지."

우리는 마음속에 있는 말들을 모두 털어놓았다. 그렇지만 아무것도 변화시킬 수 없다는 것을 잘 알고 있었다. 우리에게는 한 가지 분명한 규칙이 있었는데, 그것은 어느 곳에나 일하러 가게 되면 배우는 수많은 것들 중 첫 번째 규칙이기도 했다. 바로 미래에 대해서는 절대 이야기하지 않는 것. 우리 중 그 누구도 '내년 여름'이나 '삼 년 후에', 혹은 '내가 커서' 이런 말은 할 수 없었다. 그렇다. 우리는 빚을 다 갚게 되는 그날을 이야기했다. 기운이 다 빠질 때까지. 하지만 그런 날이 오리라고 믿는 사람은 아무도 없었다. 그것은 일종의 자장가였다. 우리끼리 잘 지내기 위한 한 가지 방법이었다. 그것 말고 달리 우리가 할 수 있는 게 뭐가 있었겠는가?

이크발은 빚은 절대 없어지지 않는다는 것을 우리에게 처음으로, 분명하게 말해 준 아이였다. 그리고 유일하게 미래에 대해 말할 수 있는 아이였다.

그날 밤 일을 또렷하게 기억하고 있다. 가을이 시작되고 있었다. 작업장의 플라스틱 지붕 위로 빗방울 떨어지는 소리가 들렸다. 이크발과 나는 항상 맨 마지막에 잠자리에 들었다. 우리는 단둘이 앉아 잠깐 동안 더 이야기하는 것을 좋아했다.

어둠 속에서 이크발이 내게 말했다.

"파티마, 내년 봄에 나랑 연 날리러 가자. 무슨 일이 있어도 기억해 둬야 해."

난 이크발에게 아무 말도 하지 않았다. 무슨 말을 할 수 있었을까? 내가 아는 거라고는, 이크발이 또다시 바보 같은 일을 계획하고 있다는 것과 난 절대 이크발을 말릴 수 없다는 것뿐이었다.

"조심해야 해!"

나는 이런 흔하디흔한 말밖에 할 수 없었다.

다음 날 밤, 폭풍우가 심하게 몰아쳤다. 이크발은 새벽이 되기 전에 일어나 방 끝에 있는 그 더러운 커튼 뒤의 좁은 창문으로 작업장을 빠져나갔다. 대체 어떻게 여길 빠져나간 건지. 그렇게 이크발은 정원을 가로지르고 담을 넘어 밭 두 개를 밟고 갔다. 다음 날 아침까지 그 밭에 이크발의 발자국이 희미하게 남아 있었다. 큰길에 이르자 이크발의 발자국은 사라져 버렸다.

9

이틀 동안 이크발이 어떻게 되었는지 아는 사람은 아무도 없었다. 이크발이 도망치고 나서 후사인 칸은 곧 친척들과 친구들을 모아 토요타 트럭에 태우고 이크발을 찾으러 갔다. 욕을 해대면서 가다가 진흙 길에서 트럭이 미끄러졌다.

우리는 하루 종일 불안에 휩싸여 있었다. 틈만 나면 마당의 대문 쪽을 쳐다보았다. 후사인은 해가 질 무렵 돌아왔다. 그의 얼굴은 새까맣고 물에 젖어 있었다. 장화는 진흙으로 뒤덮여 있었다. 후사인은 작업장 안으로 들어왔다. 우리 모두 방직기 위에 고개를 숙이고 있었다.

"앞으로 매일 한 시간씩 더 일해라. 매일 말이다."

후사인이 말했다.

그는 자기 손으로 직접 화장실 창문에 철망을 붙였고 카림이 가지고 있던 열쇠를 돌려받았다.

"너하고는 나중에 계산하자."

후사인의 위협에 카림은 공포에 떨었다.

우리는 이크발이 탈출에 성공한 것 같다고 생각했다.

후사인은 다음 날도 나갔지만 무에진*이 정오 기도 시간을 알리기도 전에 되돌아왔다. 그는 집 안에 틀어박혀 밖으로 나오지 않았다.

나는 일하면서 이크발 생각을 했다. 이크발은 어쩌면 자기 집에 돌아가 부모님 품에 안겼는지도 모를 일이었다. 그러나 분명 주인은 이크발의 집으로 가서 이크발의 아버지와 어머니에게, 아들을 넘겨주지 않으면 빚을 갚지 않았다는 이유로 감옥에 보내겠다고 위협할 수도 있다. 어쩌면 이크발은 아직 도시 어딘가에 숨어 있을지도 모른다. 어디서 잠을 자는 걸까? 뭘 좀 먹을 수나 있을까?

'이크발은 똑똑하니까 알아서 잘할 거야.'

나는 그렇게 생각하면서 이크발이 한 약속을 떠올렸다.

---

* 이슬람교 사원의 첨탑에서 큰 소리로 기도 시간을 알리는 사람.

'봄이 되면 너랑 나랑 연 날리러 가자.'

정말 그러고 싶었다. 하지만 환상은 갖지 않았다.

나는 마리아에게 연 이야기를 했다. 마리아가 내 말을 알아듣고 내게 대답을 하고 나를 위로해 줄 수 있는 것처럼.

"너 연이 뭔지 아니, 마리아? 연날리기해 본 적 있니?"

마리아는 당연히 대답하지 않았다.

"정말 멋져, 아니? 네가 달려가면 연은 계속 하늘 높이 날아가는 거야. 어떨 때는 구름에 닿을 때도 있어. 연은 바람에 따라 높이 오르기도 하고 옆으로 기울기도 해. 그렇지만 조심해야 해. 끈을 놓치면 큰일이거든. 끈을 놓치게 되면 연은 완전히 사라져 버리고 말아. 나도 한 번 그런 적이 있었어. 난 너무 어렸고 경험도 없었거든. 연을 놓쳐서 굉장히 속상했어. 울기도 했지. 그렇지만 그 순간 점점 더 높이 올라가 하늘로 빨려 들어가는 연을 보는 것도 그렇게 나쁘지 않았어. 난 생각했지. '대체 어디로 갔을까, 나도 연과 같이 날아가고 싶다.'"

그날 밤 나는 불안한 꿈을 꾸었다. 혼령들이 내 다리를 잡아당겨 나를 깨웠다.

이크발이 사라진 지 삼 일째 되는 날 아침, 우리가 막 방직기 앞으로 갔을 때 후사인의 이웃이 마당을 가로질러 달려왔다. 그 사람은 주인을 한쪽으로 데려가더니 손짓하며 말했다. 굉장히 놀란 것 같아 보였다.

후사인과 여주인이 작업장으로 들어와서 하던 일을 모두 그대로 놔두라고 말했다. 그들은 우리 등을 떠밀어 마당으로 몰아내며 소리쳤다.

"빨리 움직여! 빨리!"

그들은 무덤으로 이어지는 녹슨 철문을 활짝 열었다. 우리는 그 계단에 모여 있을 수밖에 없었다.

"여기들 있어. 쓸데없는 소리 하면 가만 놔두지 않을 테니 알아서 해!"

후사인이 명령했다.

누군가 대문을 두드리고 있었다. 나는 계단 중간쯤에서 꼼짝도 못 하고 있었다.

"무슨 일이야?"

난 앞에 있는 아이들에게 물었고 그중 누군가가 대답했다.

"잘 안 보여. 지금 주인이 대문을 열러 간다…… 사람들이야…… 경찰 같아! 경찰 두 명이야. 경찰 옆에…… 이크발이다!"

나는 아이들을 밀치고 마지막 계단까지 올라갔다. 낡은 문에 녹이 슬어 생긴 구멍에 눈을 갖다 댔다. 정말이었다. 뚱뚱하고 기름기가 흐르는 데다 검은 콧수염이 짙게 난 경찰 둘이 서 있었다. 그들은 구겨지고 기름때가 낀 경찰복을 입고 있었고 배가 불룩 나와 있었지만, 어쨌든 경찰인 것은 분명했다. 그 경찰 사이에 이크발이 서 있었다.

후사인은 고개를 약간 숙이고 손을 비비며 공손한 태도로 서 있었다. 여주인은 앞치마 자락을 비틀며 후사인 옆에 꼭 붙었다.

나는 이크발이 한 손가락으로 작업장 쪽을 가리키는 것을 보았다. 경찰들은 아주 침착하게 마당을 가로질러 물웅덩이를 피해 작업장으로 들어갔다. 그러곤 그 안을 한 번 살펴보더니 자기들끼리 뭐라고 의논했다. 그런 다음 후사인에게 몇 가지를 물었다. 후사인은 심각하게 이야기하기 시작했다. 여전히 비굴한 태도였다. 가끔씩 자기 말이 맞다는 것을 확인해 달라는 듯 자기 아내 쪽으로 몸을 돌렸다.

"어떻게 되고 있니?"

뒤에 있는 아이들이 물었고, 나는 대답했다.

"몰라. 뭐라고 하는지 들리지가 않아. 그런데 내 생각에는 이크발이 주인을 고발한 것 같아."

"주인을 고발했다고?"

"지금 경찰들이 주인을 감옥에 넣으려고 한다는 말이니?"

“조용히 해 봐!”

내가 소리쳤다.

후사인은 흥분해서 크게 떠들었다. 경찰들은 짜증스러워하는 것 같았다. 한 경찰은 낡은 회중시계를 흘깃 보았다. 후사인은 이크발의 한 손을 잡고 자기 쪽으로 끌어당겼다. 이크발은 버티려 애썼다. 후사인은 이크발의 머리를 쓰다듬는 척했다. 그는 여전히 경찰에게 무엇인가 말을 하고 있었다. 그리고 이크발을 자기 아내에게 맡기며 집 안으로 데려가라고 손짓했다.

“싫어요! 싫어요!”

이크발이 울부짖었다. 그리고 다시 뭐라고 말을 했는데 요란한 천둥소리에 뒤섞여 알아들을 수가 없었다.

“어떻게 되었니? 무슨 일이야, 파티마?”

“모르겠어. 경찰들이 이크발을 다시 후사인에게 넘겨주었어.”

“대체 무슨 말이야. 경찰이 후사인을 체포하지 않았어?”

나는 이크발이 울부짖는 것과 여주인의 손아귀에서 벗어나려고 몸부림치는 것을 보았다. 그러다가 이크발은 집 안으로 사라졌다.

소나기가 쏟아졌다. 경찰들은 서둘러 떠나려고 했다. 내 등 뒤에서 모두들 흥분해서 떠들어 댔다. 하지만 눈앞에서 믿기 어려운, 너무나 놀라운 일이 벌어지고 있었기 때문에 난 그 소리가 하나도 들리지 않았다.

후사인은 허리에 찬 전대에 손을 집어넣더니 커다란 돈뭉치를 꺼냈다. 한 뭉치의 돈을 세어서 한 경찰에게 주고, 그것보다 조금 작은 뭉치의 돈을 세서 또 다른 경찰에게 주었다. 경찰들은 만족스러운 듯 고개를 끄덕였다. 수염을 쓰다듬고 돈을 주머니에 찔러 넣었다. 그렇게 그들은 비를 맞으며 떠났다.

어두운 계단에서 우리는 모두 말을 잃었다. 주인집에서는 이크발이 계속 소리를 지르고 있었지만 아무 소용이 없었다.

결코 끝나지 않을 악몽을 꾸고 있는 것 같았다. 나는 매일 하는 일들을 똑같이 했지만 내가 뭘 하고 있는지도 몰랐다. 일어나서 화장실에 가고(이제 내 작은 창문은 영원히 닫혀 버렸고, 그렇지 않았다 해도 다시는 뛰어오르고 싶지 않았을 것이다), 아침을 먹고 잠자리에 들 때까지 쉴 새 없이 일했다. 나는 다시 무덤에 갇힌 이크발을 생각하다 조금 울 뻔도 했다. 깊은 잠에 빠져들었다가 갑자기 깨기도 했다. 하지만 변한 것은 아무것도 없었다. 다시 내린 비가 양철 지붕을 세게 두드리며 사방으로 스며들었다. 나는 감옥에 갇힌 죄인이었다. 이크발은 아직도 무덤에 있었다.

이번에는 우리가 밤에 작업장을 몰래 빠져나가 고통에 허우적대는 이크발을 위로해 줄 수도 없었다.

'죽을지도 몰라.'

나는 이렇게 생각했다.

경찰이 다녀가고 몇 시간 뒤 후사인 칸은 사업상 볼일을 보러 출장을 떠났다. 그는 우리가 보는 앞에서 카림을 불러 이렇게 말했다.

"내가 돌아왔을 때 모두들 얼마큼 일했는지 검사할 거다. 명심해! 저 애들이 얼마큼 카펫을 짜든 다 네 책임이야."

"알겠습니다, 주인님! 알겠습니다, 주인님!"

카림은 계속 같은 말을 했다.

"그리고 저 무덤에 있는 애는……."

"예?"

"그냥 놔둬라."

"예, 주인님!"

카림은 공포 때문에 제정신이 아니었다. 그래서 우리에게 잠시도 쉴 틈을 주지 않았고, 조금만 한눈을 팔아도 그냥 놔두지 않았다.

"너희들은 내가 망하길 바라고 있어. 절대 그렇게 되게 놔두지 않을 거야. 일해! 일하라고!"

카림이 소리쳤다.

나는 시간 감각을 잃어버렸다. 얼마나 시간이 흐른 것일까? 나흘? 닷새? 엿새?

이크발은 계속 그 밑에 갇혀 있었다.

"죽을 거야. 난 알아."

이제 우리는 밤 모임도 하지 않았다. 아무도 말하고 싶어 하지 않았다. 말을 한들 무슨 소용이 있겠는가? 이크발이 오기 전 나는 체념하고 우리의 삶을 받아들였었다. 다른 삶은 상상조차 할 수 없었기 때문이다. 이크발은 우리 모두에게 다시 희망을 지펴 주었다. 절망감은 그만큼 컸다. 이크발은 이제 아무것도 할 수 없을 것이다. 후사인에게 반항할 정도로 용기 있는 사람은 우리 중 단 한 사람도 없었다.

'그 앤 죽을 거야. 난 다시 여기서 더 외롭게 지내게 될 거고.'

자꾸 그런 생각만 들었다.

후사인 칸이 금요일에 돌아왔다. 모두 휴식을 하는 성금요일이었지만 우리만은 예외였다. 후사인은 옷을 갈아입고 그를 만나러 온 이웃 사람들과 인사를 나누었다. 이웃 사람들은 그에게 출장이 어땠는지, 갔던 일은 잘되었는지 물었다. 그리고 그는 잠깐 작업장 앞에 나타나서 카림에게 "조금 있다 이 녀석들이 얼마나 일했는지 검사하겠어." 하고 무섭게 말한 뒤 식사를 하러 갔다.

우리에게는 보통 때의 휴식조차 허락되지 않았다.

"너희들은 계속 일해야 해. 안 그러면 주인이 나에게 화를 낼 거야!"

카림이 땀을 흘리며, 공포에 떨며 소리쳤다.

나는 일하면서 배고픔을 잊으려고 했다. 주인집에서 매운 양 스튜의 자극적인 냄새가 흘러나왔다. 나도 두세 번 그 음식을 먹어 본 적이 있었다. 마을에서 여인들은 특별히 중요한 행사가 있을 때 이 음식을 준비했다. 예를 들면 '코티 에이드' 같은 날이었다. 매운 양 스튜는 기름기가 많고 아주 맛있는 음식이었는데, 혀와 목에서 불이 날 정도로 맵지 않으면 남자들은 맛있다고 말하지 않았다.

'일이나 해.'

나는 스스로를 다그쳤다.

아마 과자와 리코타 치즈를 넣은 팬케이크도 있을 것이다. 흑설탕과 계피를 넣은 롤빵도 있겠지.

'일이나 하라니까.'

나는 배가 고프고 지친 데다 심한 절망감에 빠졌다.

주인이 이쑤시개로 이를 쑤시며 나타났다. 우리는 하던 일을 멈추었다. 그리고 각자 자기 방직기 앞에 섰다. 후사인 칸이 허리를 두드리며 줄자와 종이를 집어 들었다. 종이 위에는 그가 떠나기 전에 표시해 둔 우리의 작업량이 적혀 있었다. 그는 침착하게 카펫의 길이를 재기 시작했다. 그런 다음 칠판에 그려진 표시를 세 개 지울지 네 개 지울지 결정했다. 일이 제대로 되지 않아 하나도 지우지 않는 경우도 있었다.

주인은 천천히 계산해 나갔다. 카림은 뼈다귀라도 하나 얻어먹으려는 개처럼 주인 뒤를 졸졸 따라다녔다. 결정이 내려지면 모두 체념하고 고개를 숙였다.

살만의 표시는 겨우 하나 지워졌다. 꼬마 알리의 표시(이건 완전 엉망이군!)는 하나도 지워지지 않았다. 알리는 눈물을 참지 못했다. 모하마드의 표시는 세 개가 지워졌다. 그 애는 안도의 한숨을 쉬었다. 내 차례가 다가오고 있었다. 마리아 다음 차례였다.

후사인 칸은 마리아의 방직기 앞에서 걸음을 멈추었다. 그는 눈을 크게 뜨고 카림을 무섭게 노려보았다. 카림은 왜 그런지 이해하지 못하고 겁이 나서 그저 낑낑거리기만 했다.

"이게 뭐지?"

"저는…… 잘 모르겠습니다……. 주인님…… 전…….."

후사인 칸의 고함에 카림이 말을 더듬었다.

우리는 궁금함을 참을 수 없어서 무슨 일인지 보러 갔다.

지금까지 마리아는 항상 제일 쉬운 일만 맡아서 해 왔다. 마리아는 아주 단순한 기하학무늬만 들어가 있어서 별다른 기술이 필요 없는 카펫만 짰다. 마리아는 튼튼하지 못했다. 그렇게 눈치가 빠르지도 못했다. 귀가 잘 들리지 않기 때문이거나 무슨 다른 이유가 있는 것 같았다. 후사인 칸은 마리아를 데리고 있는 것은 자선을 베풀기 위해서라고 늘 말하곤 했다. 하지만 그건 사실이 아니었다. 마리아도 자기 몫은 충분히 해냈다.

우리는 마리아의 방직기 앞으로 몰려갔다. 아무도 자기에게 관심을 기울이지 않는 틈을 타 마리아는 자기가 짜고 있던 카펫의 그림을 바꿔 놓아 버렸다. 그 며칠 동안 카림 역시 마리아라는 존재 자체가 없는 것처럼 마리아를 신경 쓰지 않았다. 마리아가 짜 놓은 카펫은 노란색과 빨간색 선들로 단순하게 장식되어 있는 게 아니었다. 그 카펫의 한가운데에는 어떤 그림 하나가 선명하게 수놓아져 있었다.

연이었다.

하얀색의 커다란 연이었다. 꼬리에 긴 깃털이 달린 그 연은 바람에 날리는 것같이 보였다. 아주 가느다란 끈 하나가 밑으로 내려왔다. 주위에는 하늘색 구름이 한 줌씩 떠다녔다. 너무나 아름다웠다.

마리아는 자기가 짠 카펫 옆에 서 있었다. 마리아는 더욱 작고 가냘프고 무방비 상태인 것처럼 보였다. 후사인 칸의 입이 딱 벌어졌다. 그는 뭔가 말을 하려고 했지만 아무 말도 하지 못했다. 후사인은 카림을 보았다. 우리를 둘러보았다. 자기 아내에게 도움을 청하기라도 하려는 듯 문밖을 보았다.

우리 모두 후사인이 폭발할 거라고 생각했다.

"무덤행이야! 너도 무덤행이라고!"

우리는 본능적으로 더 바짝 다가선 뒤 후사인을 에워쌌다. 마리아는 너무나 약해서 무덤에서 단 하루도 버틸 수 없다. 그 사실은 후사인도 잘 알고 있었다.

"무덤행이야!"

후사인이 다시 말했지만 그렇게 자신 있어 보이지는 않았다.

'제발 어떻게 좀 해 봐. 아무라도 어떻게 해 봐.'

난 속으로 외쳤다.

후사인이 마리아 쪽으로 자기 다리를 뻗었다. 살만이 다른 아이들을 팔꿈치로 밀며 맨 앞으로 나왔다. 후사인은 날카로운 눈초리로 살만을 보았다.

"마리아를 보내려면……."

살만이 목소리를 떨지 않으려고 애쓰며 말했다.

"그렇다면 저도 보내 주세요."

"뭐라고? 뭐라고?"

"제게도 벌을 내려 달라는 말입니다."

얽은 얼굴과 사포처럼 거친 손을 가졌지만, 그때 살만은 너무나 잘생겨 보였다.

"오, 세상에."

감동받은 듯한 모하마드가 말을 더듬기 시작했다.

"그러면 나…… 나…… 나도……."

"계속해!"

뒤에서 다른 아이들이 용기를 주었다.

"나, 나…… 도 보내 주세요."

모하마드가 아주 어렵게 말을 마쳤다.

그 애는 만족스러운 듯 주위를 살펴보았다. 자기가 무슨 말을 했는지도 모르는 듯했다. 이내 머리를 긁적이더니 카림이 항상 하듯이 땅바닥에 침을 뱉었다. 솔직히 말하자면 침 한 방울 나오지 않았지만 말이다.

잠시 후 우리 모두가 손을 들었다. 그리고 소리쳤다.

"나도 보내 줘요! 나도 보내 줘요!"

꼬마 알리도 언제나처럼 내 치마 뒤에 숨어서 소리쳤다.

후사인 칸은 창백해졌다. 어떻게 해야 할지 몰라 이리저리 불안하게 왔다 갔다 했다. 우리가 외치는 소리를 듣지 않으려고 했지만 그럴 수 없었다. 그 순간 후사인은 우리를 증오하며 모두 죽여 버리고 싶어 하는 것 같았다. 그러나 그 역시 어떻게 해 볼 수 없는 일이라는 것을 알고 있었다.

결국 후사인은 달아나고 말았다. 우리는 눈으로 보고도 믿을 수가 없었다. 그는 자리를 떠나면서 위협적으로 협박했지만 아무 소용도 없었다. 우리의 고함 소리와 야유가 달아나는 후사인의 뒤를 따랐다. 카림도 후사인과 같이 사라져 버렸다.

한 시간 뒤 이크발은 우리에게로 돌아왔다. 무덤에서 다섯 밤을 보낸 뒤였다. 이크발은 몹시 고통스러워했고 창백했으며 굶주려 있었지만 그래도 살아 있었다.

10

"도시에 갔었어."

이크발이 우리에게 이야기를 해 주었다.

"동이 트고 있었어. 하늘은 회색빛이었고 비가 왔지. 사방에 커다란 물웅덩이가 생겼어. 어디로 가야 할지 알 수 없었지. 되는 대로 돌아다녔어. 아주 높은 건물들이 서 있는 데로 가 보기도 하고 부분 부분 부서진 낡은 집들이 나란히 붙어 있는 데도 가 보았어. 돌아다니는 사람은 아무도 없었어. 시간이 너무 일렀거든. 갑자기 나는 아주 넓고 긴 길을 만났어. 도시 바깥으로 나가는 길이었어. 난 이렇게 생각했지. '이 길로 가면 부모님이 계시는 시골 우리 집에 도착할지도 몰라.' 난 몸을 숨기고 싶었고 어떻게 해서든 지나가는 트럭이나 버스에 타 보려고 했어. 차에 막

오르려고 하는데, 후사인 칸이 분명 나를 찾으러 우리 부모님이 계시는 집에 찾아갈 거라는 생각이 들었어. 그리고 나를 다시 내놓으라고 협박할 게 뻔했지. 어머니는 분명 반대하시겠지만 아버지는 정직하고 법을 존중하시는 분이야. 빚이 있기 때문에 후사인에게 나를 돌려줄 수 없다는 말을 하시지 못할 거야.

그래서 나는 발걸음을 돌려 시장으로 향했어. 굉장히 큰 광장이 있었어. 와, 상상도 할 수 없게 크다니까. 나무로 만든 진열대가 백 개도 넘었어. 진열대들은 서로 맞붙어 있었어. 상자들이 쌓여 있고 돗자리들이 깔려 있었어. 사람들은 그 돗자리에 물건들을 진열해 놓고 있었어. 비가 오는데도 상인들은 벌써 일을 하고 있더라. 과일들이 산더미처럼 쌓여 있고, 시골에서 야채를 실은 트럭들이 올라오고, 바구니마다 여러 가지 색깔들의 향신료가 들어 있었어. 상인들은 비를 맞히지 않으려고 바구니들을 하나하나 비닐로 덮어 두었어. 그리고 고기를 파는 좌판들도 있었어. 고기에 파리가 꾀는 것을 막으려고 끈적끈적한 종이띠를 달아 놨더라고. 물건을 그냥 땅에 놓고 파는 사람들도 있었어. 별의별 것을 다 팔던데? 낡고 이상한 물건들, 휘고 녹슨 물건까지 말이야."

"설마!"

"정말이야. 대체 누가 그런 물건들을 사는지는 모르겠어. 그리고 진짜 상점처럼 보이는 진열대들도 있었어. 그 진열대에는 커다란 라디오와 그 안에 넣으면 음악이 나오는 상자가 있었어."

"알아."

카림이 자기도 본 것처럼 말했다.

"다른 상자들도 있었는데, 그 상자에서는 그림이 나왔어."

"그건 뭔지 모르겠다."

이크발의 설명에 카림이 고개를 저었다.

"난 몇 시간을 돌아다녔어. 사람들이 점점 더 많아지면서 시끌벅적해졌지. 내가 그렇게 많은 사람들 틈에 섞이면 후사인 칸이 날 찾아내기 힘들 거라고 생각했어. 볼만한 구경거리들도 많았지. 마술사를 보았고 뱀 부리는 사람도 봤어!"

"뱀 부리는 사람 같은 건 없어."

"있어, 봤다니까!"

"뱀이 음악에 맞춰 춤을 추었니?"

"그건 아니야. 그렇지만 바구니에서 나왔어. 입이 아주 크고 눈이 사납게 생긴 왕뱀이었어. 뱀 부리는 사람이 그 뱀을 손으로 잡았다니까."

"맨손으로?"

"응. 그리고 사방에 먹을 걸 파는 장사꾼들이 있었어. 사모사*나 케밥을 팔았어. 제비콩과 양고기를 넣은 팬케이크를 구울 큰 프라이팬이랑 바스마티** 밥과 탄두리치킨을 요리할 냄비도 있었고. 고기와 야채 꼬치를 석쇠에 굽고 있기도 했어. 맛있는 냄새가 났지. 난 배가 고파 미칠 지경이었어."

"그래서 넌? 넌 어떻게 했니?"

"일을 했어. 거기도 있더라, 아니?"

"뭐가 있어?"

"일하는 아이들 말이야. 시장 여기저기에서 아이들이 트럭에서 물건을 내리고 상자를 끌고 갔어. 어떤 상자들은 팔이 부러질 정도로 무거워 보였는데 말이야. 너희들도 시장에 가면 상인들에게 이렇게 말하면 돼. '제가 할 일 좀 없을까요, 아저씨?' 그러면 그 사람이 말할 거야. '저 짐을 이곳으로 가져와라. 1루피 주마.' 나도 그렇게 했어.

그렇지만 내가 일하는 걸 싫어하는 아이들도 있었어. 그 아이들이 내게 말하더라. '야, 꺼져! 너 어디서 왔어? 여기는 우리 구

---

* 야채와 감자를 넣고 삼각형으로 빚어 기름에 튀긴 만두의 일종. 인도를 비롯한 남아시아 국가에서 자주 먹는다.
** 인도와 파키스탄 등에서 나는 쌀의 한 품종. 낱알이 길고 점성이 약하며, 향긋한 풍미가 있다.

역이야. 우리 일이라고.' 나는 사람들이 내게 관심을 가질까 봐 너무 무서웠어. 후사인 칸이 분명 나를 찾아 돌아다니고 있을 테니까. 그래서 얼른 알았다고 대답했어.

나는 다른 일을 해 보려고 했어. 마침내 어떤 푸줏간 주인이 사 등분한 양 한 트럭을 내리는 일을 내게 시켰어. 주인은 양의 피로 뒤범벅이 되지 않게 내 머리와 어깨에 짐을 올려 주었어. 난 너무 좋았어. 그렇게 짐 더미 밑에 있으면 후사인이 날 절대 알아볼 수 없을 테니까. 어느 순간 사람들 틈에서 후사인 칸의 모습이 보이는 것 같았어."

"어떻게 할 생각이었니?"

"나도 몰라. 며칠 동안 그 시장에 숨어 있으면 뭐든 찾아낼 수 있을 것 같았어. 나는 오후 늦게까지 일을 했어. 그리고 푸줏간 주인이 준 1루피로 먹을 것을 사 먹었어. 비가 그치고 희미한 해가 모습을 보였어.

벽에 기대앉아 잠깐 쉬고 있는데, 나보다 더 큰 아이들 둘이 다가왔어. 담배를 피우며 이상한 말투로 내게 물었어. '너 새로 온 자식이냐? 어디서 왔냐?' 난 시골에서 왔다고 거짓말했어. 그 랬더니 '일자리 찾냐? 너 꽤 날쌘 것 같은데 우리가 할 일을 좀 줄까.' 하더라고."

"그 아이들이 네게 뭘 하라고 했는데?"

"난 잘 이해를 못 했어. 그렇지만 그 아이들은 칼을 가지고 있었어. 그 칼을 내게 보여 주더라. '고맙지만 싫어.' 하고 내가 거절했는데도 그 아이들은 계속 추근댔어. 내가 그 아이들에게 물었지. '잘 만한 곳 어디 없을까?' 그 아이들이 웃음을 터뜨리더라. '원하시면 어디서든 주무실 수 있지. 밤이 되면 진열대가 호텔 방이니까. 그런데 조심해, 풋내기야.' 내가 무슨 말이냐고 물었어. '조심하라고!' 그 아이들이 내게 겁을 준 거였어.

나는 외로웠어. 뭘 어떻게 해야 할지, 어디로 가야 할지 알지 못했어. 너희들이 그리웠어. 도망치는 건 바보 같은 짓이었다고 후회하기도 했지. 시장이 텅 비기 시작하더니 밤이 찾아왔어. 나는 슬펐고 너무나 집이 그리웠어. 누군가 나와 너희 모두를 도와줄 거라고 생각하고 도망친 거거든. 그런데 난 혼자였어."

"그래서 어떻게 했어?"

"버스가 오는 것을 보았어. 여러 가지 색깔로 칠해진 큰 버스인데 전등이 환하게 켜져 있고 경적을 크게 울렸어. 기억나니, 파티마? 그런 버스 한번 타 보고 싶다고 네게 말했었지?"

"생각나."

"그래서 난 버스에 올라탔어. 시내를 한 바퀴 돌았지. 그러다가

검표원에게 들켜서 어쩔 수 없이 버스에서 내려야 했어. 욕을 얻어먹으면서 말이야. 다시 다른 버스를 타고 또 쫓겨나면 또 다른 버스를 탔어. 마지막 버스가 날 낯선 곳에 내려놓았지. 거의 밤이 되어 가고 있었어.

다시 배고파졌어. 버스를 타고 달리며 느끼던 기쁨은 끝나 버렸지. 몸을 피할 수 있는 건물 현관을 찾았어. 거기서 바람을 피하려고 온몸을 웅크리고 잠을 잤어. 아침이 되자 수위가 몽둥이로 때리며 날 쫓아냈어.

나는 다시 시장으로 가서 수박 두 트럭을 내렸어. 일을 하면서도 후사인이 나타날까 봐 겁났어. 계속 주위를 살폈어. '여기서 며칠만 있자. 어쩌면 주인이 날 찾다가 지쳐 버릴 수도 있어. 그러면 집으로 돌아갈 수 있어.' 하고 생각하기도 했어. 하지만 확신할 수 없었지. 거기서 떠돌이 개처럼 계속 살아야 한다고 생각하면 두려웠어. 그런데 오후에 그 사람들이 왔어."

"어떤 사람들?"

"한 무리였어. 여자도 있었어. 그 사람들은 무대같이 생긴 것을 만들었어. 그 뒤로 현수막이 걸렸어. 포스터도 굉장히 많았고. 물론 난 거기 뭐라고 적혀 있는지 알 수 없었어. 곧 많은 사람들이 모였어. 경찰들도 왔어. 경찰들은 곧 열을 지어 그 사람들을 에

위쌌지. 나는 '저 사람들을 도와주려나 보다.' 하고 생각했어.

한 아저씨가 무대 위로 올라갔어. 난 보자마자 그 아저씨가 좋아졌어. '분명 좋은 사람일 거야. 콧수염도 잘 다듬어서 멋지잖아. 셔츠도 깨끗해.' 그 아저씨가 마이크에 대고 말하기 시작했어."

"뭐라고 했는데?"

"난 그 아저씨 말을 분명하게 기억하고 있어. 그런 말은 한 번도 들어 본 적이 없기 때문이야. 그 아저씨가 말했어. '우린 노예 노동 해방 전선입니다.'"

"그게 뭔데?"

"나도 몰라. 그렇지만 그 아저씨가 어린아이들에게 쇠사슬을 채워 방직기나 벽돌 가마에서 강제로 노예처럼 일하게 하고 학대하는 것은 부끄러운 짓이라고 말했어. 주인들은 욕심이 많고 파렴치한 사람들이라고 말했어."

"정말 그렇게 말했어? 분명해?"

"분명해. 그리고 또 이렇게 말했어. 파키스탄에도 법이 있기 때문에 어린이를 학대하는 사람은 감옥에 가게 되어 있다고."

"맞아! 맞아!"

"그래, 하지만 거기 모여 있는 대부분의 사람들은 동의하지 않았어. 상인들은 욕을 퍼부어 댔고 그 아저씨가 말을 못 하게 야채들을 집어던지며 말했어. '꺼져! 거짓말쟁이! 배신자!' 하지만 그 아저씨가 상인들보다 더 크게 소리쳤어. 놀라지도 않았어. 너희도 봤어야 하는데. 카펫 상인들이 다른 사람들보다 훨씬 더 사나웠어. 그 사람들은 막무가내로 무대 위에 올라가려고 했어. '거짓말이야! 거짓말이라고!' 하고 소리치면서 말이야. 난 생각했어. '저 아저씨라면 나와 내 친구들을 도와줄 수 있을 거야.' 난 그 아저씨에게 말을 걸어 보려고 무대 쪽으로 가까이 다가갔어. 그런데 사람들이 너무 많았어. 게다가 경찰들이 무대를 에워싸고 있었어. 그래서 난 이렇게 생각했지. '경찰에게 말하면 될 거야. 경찰도 이 아저씨를 도와주러 온 거니까. 저 아저씨가 법이 있다고 했잖아.'

난 제일 가까이에 있는 경찰에게 말했어. '저 아저씨 말이 맞아요. 나하고 내 친구들은 카펫 상인 집에서 노예처럼 일하고 있어요.' '그럼 넌 어떻게 여기 온 거냐?' 경찰이 물었어. '도망쳤어요.' 내가 대답했지. '네 주인 이름이 뭐지?' '후사인 칸이에요, 아저씨.' 경찰이 주위를 둘러보더니 말했어. '나하고 가자.' '어디로요?' '겁낼 것 없다. 우리가 있는 막사로 가자. 먹을 것을 주마. 그리고 내일 아침에 그 후사인이라는 사람에게 가자.' '후사인을 감옥에 가두실 거죠?' 내가 물었어. '우린 우리가 해야 할 일을

잘 알고 있는 사람들이다.'

막사에서 경찰들은 친절했어. 밥도 한 그릇 주었어. 난 감방 침대에서 잠을 잤어. 그렇지만 난 죄수가 아니니까 내가 원하면 나갈 수 있다고, 경찰들이 그렇게 말했어.

다음 날 아침, 너희들도 알고 있는 그 사건이 벌어진 거야. 후사인은 우리가 일꾼이라고, 정식으로 보수를 받는다고 말했어. 쇠사슬도 채우지 않는다고 했지. 경찰들은 그 말을 믿은 거야."

"경찰들은 그 말을 믿은 게 아니야. 그 사람들은 돈을 받았어. 내가 봤어."

내가 설명했다.

이크발의 요 옆에 모여 있던 우리는 낙담한 얼굴로 서로를 쳐다보았다. 이크발은 여전히 창백하고 힘이 없었다. 말을 계속하기도 힘든 것 같았다.

"경찰도 믿을 수가 없다면 누가 우리를 도와줄 수 있겠어?"

내가 아이들을 대신해서 물어보았다.

"해방 전선의 그 아저씨들. 그 아저씨들이 우리를 도와줄 수 있을 거야."

이크발이 대답했다.

"그럴 수도 있겠지. 그렇지만 그 아저씨들을 어떻게 찾을 수 있겠어?”

내 질문에 이크발이 영리한 미소를 지었다. 그러고는 바지 주머니에 손을 집어넣더니 그 속에서 종이 한 장을 꺼냈다.

“이게 뭔데?”

“그 아저씨들이 나눠 준 거야. 분명 그 아저씨들을 찾을 수 있는 방법이 적혀 있을 거야.”

이크발이 꺼내 놓은 종이를 다 함께 돌려 보았다. 그것을 만져 보고 살펴보며 우리는 당황했다.

살만이 마침내 입을 열었다.

“형제, 네 말이 맞을지도 몰라. 하지만 넌 한 가지 사실을 잊고 있어. 우리 중에 글을 읽을 줄 아는 아이가 없다는 걸 말이야.”

긴 침묵이 이어졌다.

그런데 우리 등 뒤에서 그때까지 한 번도 들어 본 적이 없는 목소리가 들려왔다. 녹슨 것처럼 이상한 목소리였다. 그 목소리가 말했다.

“내가 읽을 수 있어.”

우리는 모두 뒤를 돌아다보았다. 그리고 바보처럼 입을 헤벌린 채 마리아를 보았다.

11

드디어 '연을 날리는 봄'이 왔다. 난 항상 마음속으로 그때를 그렇게 불렀다. 산에서 바람이 불어오기 시작하던 그때를 아직도 기억하고 있다. 바람은 처음엔 차가웠으나 깨끗했다. 해가 뜨면 찬 바람이 누그러들면서 구름과 도시의 연기와 먼지들을 실어 갔다. 그리고 몇 달 동안 사방에 스며들어 있던 빗물과 습기를 말려 주었다. 마침내 우리가 미소 지을 수 있게 해 주었다.

포장이 벗겨진 마당 바닥에서 이상한 꽃들과 잡초들이 자라나기 시작했다. 정오의 휴식 시간에 밖으로 나오면 좋은 냄새가 났다. 그동안 사라졌던 길고양이 두 마리가 다시 나타났지만 그 고양이들을 잡을 방법이 없었다.

모하마드는 햇빛 아래 누워 있었다. 그 애는 기분이 좋은 듯

더듬더듬 말을 했다. 카림도 햇빛 아래 누워 투덜거리고 있었다. 주인이 자기에게 화를 낼까 봐 걱정되기 때문이었다. 나뭇가지는 더 여위어서 처음보다 더 나뭇가지 같았다. 아마도 손이 다 나아서 다른 아이들처럼 일을 해야만 했기 때문일 것이다. 꼬마 알리도 겨울 동안 숲속의 버섯처럼 하루하루 무섭게 자라서 더이상 우리가 알던 꼬마가 아니었다. 이건 굉장한 소식이었다.

이크발은 다시 도망쳤다. 우리 모두 이번에는 정말 성공을 했으리라고 믿었다.

우리는 겨우내 준비를 하고 있었다. 매일 밤 카림과 나뭇가지(이름은 라맛차였다)가 주인집에서 훔쳐 온 타다 남은 초에 불을 켜 놓고 마리아에게 글을 배웠다. 마리아는 보통 깐깐한 게 아니었다. 살만 같은 구제 불능의 멍텅구리도, 카림처럼 게으른 아이도 마리아의 무서운 감시에서 벗어날 수 없었다. 마리아는 땅바닥을 한 뼘 정도 적당히 고르게 만들어서 칠판으로 사용하고, 뾰족한 막대기를 연필처럼 썼다. 그 막대기로 알파벳을 써 놓으면 우리는 바보 떼처럼 한목소리로 따라 읽었다.

"난 아무것도 모르겠어."

카림이 겨우 세 글자를 읽어 놓고 이건지 저건지 구별이 되지 않는다며 벌써 투덜거렸다.

"난 절대 배울 수 없을 거야."

"입 다물어."

마리아가 쉰 목소리로 말했다. 그리고 카림에게 다시 한번 읽게 했다.

마리아는 우리에게 글을 가르치고 우리는 마리아에게 말하는 법을 가르쳐 주었다.

마리아는 파이살라바드*라는 지방에 있는 학교 선생님의 딸이었다. 마리아의 아버지는 결혼한 지 얼마 안 되어 아내를 잃었다. 마리아는 어릴 때부터 먼지 냄새 나는 낡은 그림책을 가지고 놀았다. 금방이라도 찢어질 것처럼 닳을 때까지 말이다. 마리아는 거의 혼자 힘으로 글을 배웠다.

마리아의 아버지는 가난했기 때문에 생활은 농부나 마찬가지였다. 농부들은 가끔씩 마지못해 마리아의 아버지에게 자기 자식들을 맡겨 교육을 받게 했다. 그리고 이따금씩 교육비로 밭에서 나는 것들을 조금 가져다주었다.

"여러분, 자식을 이렇게 무지한 상태로 놔두면 안 됩니다."

---

* 파키스탄 북동부에 위치한 도시 중 하나.

마리아 아버지는 늘 주장했다.

"이렇게 그냥 놔두면 이 아이들도 여러분처럼 가난하게 노예 같이 살 수밖에 없습니다. 자식들도 그렇게 살기를 원하시는 겁니까?"

"아닙니다, 선생님."

농부들은 존경의 표시로 모자를 벗으며 말했다.

농부들은 정말 마리아 아버지를 존경했다. 그가 하는 말을 진심으로 믿었다. 그렇지만 문제는 시간이었다. 아이들은 밭일이나 아버지가 하는 다른 일들을 도와야만 했다. 학교에 갈 시간이 없었다.

"선생님은 부잣집 아이들을 가르치러 가세요."

농부들이 마리아 아버지에게 충고했다.

"배우는 건 부자들에게나 어울리는 거지요."

하지만 마리아의 아버지는 부자들에게 가고 싶은 생각이 조금도 없었다. 그러다 결국 아버지는 마을의 고리대금업자에게 가야만 했다. 그리고 그 방문은 단 한 번으로 그치지 않았다. 아버지는 너무 가슴이 아파 집에 와서 아무 말도 하지 않았다.

어느 날 아침 두 남자가 마리아를 데리러 왔다. 마리아의 아버지는 자리에 누워 고개도 들지 않았다. 그때부터 마리아는 입을 열지 않았다.

"그럼 네 진짜 이름은 뭐야?"

우리가 마리아에게 물었다.

"마리아야."

마리아는 단어 하나하나 정확하게 발음하려고 애쓰면서 대답했다.

"언니, 오빠 들이 그렇게 불러 주었으니까. 언니, 오빠 들이 내 가족이야."

이크발이 온 날로부터 일 년이 지났다. 그리고 그사이 우리는 변해 있었다. 처음에는 같은 운명을 타고나 그곳에서 각자 할 수 있는 대로 살아남아 보려고 애쓰는 아이들일 뿐이었다. 하지만 이제 우리는 굳게 뭉쳐 단결되었다. 우리는 친구였다. 아니, 그 이상의 무엇이었다.

우리는 어느 날 밤 이크발이 가져온 그 인쇄물을 읽을 수 있게 되었다. 갑자기 기적이 일어나기라도 한 것처럼 모래 위에 희미하게 그려진 그림 같던 그 표시들이, 이해하기 어렵고 울퉁불퉁한 닭들의 발자국 같던 그 글자들이 정확한 의미를 갖게 되었다.

우리는 종이 위에 저절로 만들어진 문장을 보았다. 정말 저절로 만들어진 것이었다. 그 종이 위에 아무것도 하지 않았으니까.

저절로 만들어져 우리에게 많은 것을 이야기해 주었다.

심장이 미친 듯이 뛰던 그때가 생각난다. 난 믿을 수가 없었다! 읽을 줄 안다는 게 바로 이런 거였구나! 죽어 있는 어떤 것을 보았는데, 갑자기 그게 사람처럼 살아나 말을 했다.

우리는 와와! 하고 요란하게 소리를 질렀다. 그러다가 잠자리로 달려가서 숨었다. 여주인이 잠에서 깰 게 분명해서였다. 우리는 그때 큰 소리로 그 인쇄물을 몇 번이고 읽었다. 지금도 그 인쇄물에 적혀 있던 말이 생각난다. 적힌 글은 몇 줄 되지 않았다. 거기에는 이렇게 적혀 있었다.

미성년자 노동 착취를 중단하라!

파키스탄에서 노예 같은 생활을 하는 어린이들은
7백만 명에 이른다.
이 어린이들은 벽돌 가마에서, 카펫 공장에서, 밭에서
탐욕스럽고 파렴치한 주인들을 위해 일하고 있다.

어린이들은 쇠사슬에 묶인 채

매를 맞으며 온갖 학대를 당하고 있다.

새벽부터 밤까지 일한다!

하지만 고된 노동의 대가는

하루 1루피뿐이다!

주인들은 유럽 상인들에게 비싼 값에 카펫을 팔아

자신의 주머니를 살찌우고 있다!

부패한 경찰은 이 모든 것을 알고 있으면서도

개입하지 않고 있다!

이 땅에는 아직 법이 있다.

법에 따라 불법 공장들을 폐쇄시키고

그 주인들을 체포하라!

법을 존중하라!

나라의 명예를 실추시키는 부끄러운 짓을 중단하라!

우리 어린이들에게는 어린이로서 살 권리가 있다!

우리와 함께합시다!

우리와 함께 싸웁시다!

- 노예 노동 해방 전선 -

물론 우리가 찾는 주소도 적혀 있었다. 문제는 그곳에 가는 것이었다. 우리는 계획을 세웠다.

아이들이 마당에 앉아 조용히 일광욕을 즐기고 있을 때 갑자기 싸움이 벌어졌다. 우리 중에 가장 지저분한 모하마드가 살만을 쳐서 제비콩 수프가 들어 있는 그릇을 엎었다. 하지만 아이들 말로는 실제로 난폭하게 군 건 살만이라고 했다. 살만은 모하마드의 발이 보기 흉하게 크다고 놀렸다. 그러자 산악 지대 출신의 모하마드도 지지 않고 맞선 것이다.

잠시 후 당연히 싸움이 붙게 되었다. 카림이 그만하라고 한마디 하기도 전에 싸움은 커지고 말았다. 살만 편을 드는 아이, 모하마드 편을 드는 아이, 아무 편도 아니지만 주먹질하고 싶어 하는 아이, 싸움에 말려들고 싶지 않지만 어쩔 수 없이 말려들게 된 아이들이 뒤섞였다. 우리 여자아이들은 마당을 달려 나가 우리의 역할을 했다. 거위 떼들처럼 요란하게 떠들어 댔고 흙먼지를 일으키고 닭털들이 날아다니게 만들었다.

여주인이 냄비를 놓쳐서 제비콩 수프가 사방으로 흩어졌다. 여주인은 남편을 부르기 위해 그 굵은 다리를 집 쪽으로 움직였다. 후사인 칸이 러닝셔츠 차림에, 수염에 기름을 묻힌 채로 문 앞에 나타났다. 우리가 그의 식사를 방해한 것이었다.

"그만두지 못해! 그만!" 하고 후사인이 소리쳤다.

몇 분쯤 지나자 진정이 되었다. 그 시간만큼 우리 모두 야단을 맞고 늘 같은 협박의 말을 들어야 했다. 이 난동의 주인공인 두 아이에게는 무덤에서 하루를 보내라는 피할 수 없는 판결이 내려졌다.

수프가 쏟아진 마당을 치우는 건 우리 차지였다.

마침내 후사인은 싸움을 한 두 아이를 우리가 너무나 잘 알고 있는 계단 밑으로 끌고 갔다. 두 아이는 피투성이가 되어 계속 싸웠다. 잠시 후 후사인은 식사를 마저 하러 갔다. 카림이 우리를 간신히 한 줄로 세워 작업장으로 데려갔다. 우리를 작업장으로 들여보낸 카림은 모든 게 제대로 다 되어 있는지 점검했다. 카림은 한참 생각하다가 머리를 긁적였고 침을 바닥에 여러 번 뱉었다. 뭔가 잘못되어 가고 있다는 것을 후사인에게 알리기로 결정하는 데 다시 몇 분이 필요했다.

카림은 아주 침착하게 성큼성큼 마당을 가로질러 갔다. 바지를 추킨 다음 주인집 문을 두드렸다. 그리고 그토록 무서워하는 후사인에게, 자기가 아이들을 세어 본 결과 한 사람이 부족하다는 것을 알렸다.

실제로 그 혼란스러운 틈을 타 이크발이 마당 끝에 있는 담을 넘었다. 지난번 달아난 밭 사이의 그 길로 두 번째 탈출을 시도했다. 사실 이크발에게 별로 유리한 상황은 아니었다. 하지만 이번에 이크발은 잡히지 않을 것이다.

12

에샨 칸은 정말 이크발이 시장 광장에서 처음 보고 우리에게
이야기해 주었던 것과 똑같았다. 키가 크지만 건장하지는 않은
남자였다. 그러나 강하고 단호한 인상이었다. 그는 잘 다듬은 검
은 머리에 검은 수염을 기르고 있었고 깨끗한 하얀 셔츠 차림이
었다.

이미 여러 해 전부터 에샨 칸은 노예같이 살고 있는 어린이들
을 자유롭게 해 주는 일에 몸 바치고 있었다. 그는 협박을 당하
거나 몰매를 맞기도 하고 감옥에 갇히기도 했다. 그럴 때마다 그
는 더욱 열심히, 더욱 완강하게 다시 자기 일을 시작하곤 했다.

에샨 칸은 고집스러웠다. 그렇다. 무엇보다 그는 자기 생각과
사명에 대해 흔들림 없는 신념을 가지고 있었다. 우리는 그와 같

은 어른을 지금까지 한 번도 본 적이 없었다. 우리 부모들은 지쳐서 모든 것을 체념하고 살았다. 우리 부모의 부모, 또 그 부모들도 그렇게 살았다. 그들은 인생이란 게 항상 그런 것이어서 아무것도 바꿀 수 없다고 생각했을 것이다. 수확물은 주인이 가져가고 소들은 병들어 죽고 고리대금업자들은 그들의 인생과 자식들을 데려갔다.

"늘 그랬단다."

부모들은 언제나 이렇게 말했다.

나 역시 에샨 칸을 만나기 전까진 그런 식으로 생각했다. 쇠사슬로 방직기에 묶인 채 카펫을 짜는 것이 자연계 질서의 일부라고, 피할 수 없는 불행한 운명의 일부분이라고 믿었다. 에샨 칸은 내 눈을 뜨게 해 주었다. 물론 그가 우리에게 하는 말들을 모두 이해한 것은 아니었지만(당시에 난 너무 어리고 무식했다) 지금까지도 많은 것들을 기억하고 있다. 에샨 칸은, 솔직히 말하자면 우리를 원래 가족들로부터 구해 주지는 않았지만, 몇몇에게는 양아버지 같은 존재였다. 이크발에게도 마찬가지였다. 그건 당연한 일이었다고 생각한다. 이크발은 에샨 칸처럼 고집스럽고 앞뒤를 가리지 않았으며 세상이 변할 거라고 확신하고 있었다.

에샨 칸과 노예 노동 해방 전선의 두 사람이 후사인 집에 도착했을 때, 우리는 그 무엇도 에샨 칸을 가로막을 수 없다는 것을 알게 되었다. 그는 경찰을 한 명 데리고 왔다. 그 경찰은 먼젓번에 왔던 경찰처럼 뚱뚱했으나 깨끗한 제복 차림에 소매에는 휘장이 잔뜩 달려 있었다.

"높은 사람이야."

어떤 아이가 설명했다.

키가 크고 마르고, 약간 어둡고 진지한 얼굴의 남자도 같이 왔다. 판사라고 했다. 잠시 후 이크발은 눈을 빛내며 뛰어오다가 우리에게 크게 손을 흔들었다.

"해냈구나. 이번에는 성공했어!"

우리가 소리쳤다.

후사인은 협박을 하기도 하고, 반박해 보다가 간청을 하기도 했다. 기름이 번질번질한 손을 비비며 전대에 찬 돈뭉치를 슬쩍 보여 주었다. 아무 소용이 없었다.

이크발이 그 사람들을 작업장으로 안내했다.

"이 아이들을 좀 보십시오. 얼마나 말랐는지 한번 보십시오. 상처와 물집투성이인 이 손을, 발에 묶인 쇠사슬을 좀 보세요."

에샨 칸이 판사에게 말했다.

마당을 지나 무덤으로 내려간 그들은 살만과 모하마드를 부축

해서 데리고 나왔다. 둘은 햇빛에 눈이 부신지 눈을 감았다. 다리를 절면서도 농담을 했고, 승리의 함성을 질렀다. 경찰은 후사인을 데려갔다. 여주인은 집 안에서 울고 있었다.

그들이 우리의 사슬을 풀어 주고 작업장 문을 활짝 열었다. 그리고 말했다.

"이제 너희들은 자유다. 가도 된다."

우리는 겁에 질린 채 밖으로 나왔다. 다 함께 대문 앞으로 갔다. 사방을 둘러보았다. 밖에는 무슨 일인가 하여 몇몇 사람들이 몰려와 있었다. 누군가 소리를 질렀다. 우리는 당황해서 다시 안으로 들어갔다.

"어디로 가야 할지 모르겠어."

마침내 누군가가 말했다.

그때의 느낌이 지금도 생생하다. 몹시 당황스러웠다. 나는 밤마다 이크발을 비롯한 다른 아이들과 나누던 대화들을 생각했다. 이야기를 나눌 때마다 "우리가 자유의 몸이 되면……." 하고 말하곤 했다. 여러 가지 계획도 세웠다. 그런데 막상 그 순간이 다가오자 두려웠다.

이크발이 우리를 차례로 안아 주었다.

"모두 본부로 데려가 주세요."

이크발이 에샨 칸에게 말했다.

우리는 두 대의 자동차에 나누어 올라탔다. 차를 타고 멀어지는 동안 뒤편 유리창으로 흘깃 보았다. 후사인 칸의 집, 작업장, 샘이 있는 마당이 먼지 속에서 서서히 사라져 갔다. 나는 거기서 내 인생의 몇 년을 보냈다. 그 집이 진짜 내 집이었던 것 같은 생각이 들었다.

나는 본능적으로 이크발을 찾았다. 이내 이크발에게 닿았다.

"정말 다시는 저 집을 보지 않게 될까?"

"절대 안 보게 될 거야."

내 물음에 이크발이 자신 있게 대답했다.

커브를 돌고 나자 후사인의 카펫 공장은 완전히 사라졌다. 내가 애정을 가지고 기억하는 것은 오랫동안 희망을 갖게 해 준 화장실의 그 작은 창문밖에 없었다.

노예 노동 해방 전선의 본부는 식민지 시대에 지어진 이 층짜리 낡은 건물이었다. 예전에는 아름다운 장밋빛이었을 벽은 칠이 다 벗겨져 있었고 작은 정원 하나가 딸려 있었다. 높은 철책이 둘러쳐진 그 집은 시장 바로 뒤쪽으로 난 좁고 복잡한 길에 면해 있었다. 그렇게 오래되고 지저분했어도 우리에겐 너무나 아름답고 아늑해 보였다. 진짜 온기가 있는, 우리를 보호해 줄 수 있는 집 같은 느낌이 들었다.

일 층에는 큰 방이 하나 있었는데, 책상들과 다리가 고장 난 의자, 여기저기 쌓여 있는 신문 뭉치들, 책과 인쇄물 들, 포스터와 현수막 들로 발 디딜 틈이 없었고, 떠돌이 개 세 마리까지 있었다. 환풍기 두 대가 열심히 돌아가면서 먼지가 가득한 공기를 빨아들이고 있었지만 허사였다.

전화벨 소리가 끊임없이 울렸고 와이셔츠를 입은 남자들이 고함을 지르며 이리저리 분주하게 왔다 갔다 했다. 우리가 들어가자 그들은 갑자기 조용해지더니 이어 박수를 치기 시작했다. 우리는 눈을 동그렇게 뜨고 한 줄로 걸어갔다. 몸 둘 바를 몰라서 자꾸만 움츠러들었다.

"여기가 전선의 본부야. 모두 친구야. 무서워할 것 없어."

이크발이 설명해 주었다.

"무엇 때문에 박수를 치는 거니?"

"우리에게 박수를 보내는 거야."

"우리에게?"

이 층에는 일 층과 달리 방이 아주 많았다. 그중에 하나는 큰 부엌이었는데 참을 수 없을 정도로 맛있는 냄새가 났다. 그리고 광장만큼 넓은 화장실이 있었다. 그곳은 아주 깨끗하고 어디에 쓰이는 것인지는 모르지만 엄청나게 큰 통이 하나 있었다.

여자 세 사람이 우리를 보자마자 달려와서 안아 주었다. 우리 몸 여기저기를 쓰다듬어 주면서 자기들끼리 쉴 새 없이 이야기를 나누었다.

"이 불쌍한 아이들 좀 봐…….."

"어쩌면 이렇게 말랐을까…….."

"손은 어떻고. 손 좀 한번 봐…….."

"발목에 흉터가 있네…… 이 상처 좀 봐…….."

"머리엔 이투성이야…….."

우리는 지금 무엇을 하려는 것인지 알기도 전에 그 커다란 통의 용도를 깨닫게 되었다. 여자들이 그 큰 통에 뜨거운 물을 가득 채우더니 갑자기 우리를 한 번에 하나씩 집어넣었다. 싫다고 해도 소용없었다. 그 여자들은 우리의 때를 벗기고 머리를 빗기고 이를 잡아 주었다. 깨끗한 옷도 주었다. 난생처음 배불리 먹게도 해 주었다. 옆방에는 임시 잠자리까지 살뜰하게 마련해 주었다.

밤이 되자 깨끗하고 좋은 냄새가 풍기는 이불의 포근함이 우리를 기다리고 있었다. 삶이 멈추지 않고 계속될 것 같은 길에서는 여러 가지 소리들이 들려왔다. 요란한 자동차 소리, 경적 소리, 당나귀들이 우는 소리, 갑자기 터져 나오는 목소리와 웃음소리, 사이렌 소리, 이상한 소리, 그리고 무에진들이 기도 시간을 알리는 소리가 아주 약하게 들려왔다.

나는 생각했다.

'잠을 잘 수 없을 것 같아.'

그러다가 갑자기 잠이 들었다.

다음 날 아침, 나는 보통 때처럼 새벽에 잠이 깼다. 내가 어디에 와 있는지 알 수가 없어서 주위를 둘러보았다.

처음에 난 '빨리 방직기로 달려가야 해. 늦었어. 여주인에게 벌을 받을 거야.' 하고 생각했다. 자리에서 일어나 서둘러 옷을 입었다. 복도로 나왔다. 큰 집은 적막하고 조용했다. 아래층을 슬쩍 내려다보았다. 방직기도, 주인도, 일하는 아이들도 없었다.

나는 계단에 앉아 울기 시작했다. 이유를 알 수 없었다. 몇 년 동안 난 한 번도 운 적이 없었다. 나 혼자 낯설고 먼 곳에 와서 후사인의 작업장에 갇혔다고 생각했을 때에도 난 울지 않았다. 하루 종일 일하고 나서 손이 피투성이가 되어도 울지 않았다. 이크발이 무덤에서 죽을까 봐 겁이 났을 때도 울지 않았다.

전날 알게 된 한 부인이 부엌에서 음식을 준비하다 밖으로 나왔다. 부인이 나를 품에 꼭 안아 주었다.

"무서워할 것 없단다, 얘야. 모두 다 끝났어."

부인이 말했다.

나는 무서워서 운 게 아니었다. 뭔가 다른 것이었다.

아이들이 하나둘씩 일어났다. 눈이 휘둥그레진 것으로 보아 그 아이들 상태도 나보다 나은 것 같지는 않았다. 우리는 아침 식사를 한 뒤 일 층의 큰 방과 정원에 뿔뿔이 흩어져 있었다. 무엇을 해야 할지 몰랐다. 좀 전의 그 부인(알고 보니 에샨 칸의 부인이었다)이 우리에게 말했다.

"자, 얘들아. 이제 놀아라!"

우리는 어색하게 몇 명씩 떼 지어 흩어졌다. 우리는 노는 데 익숙하지가 않았다. 오래전부터 놀아 보지 않았기 때문에 논다는 게 무엇인지 잘 몰랐다.

에샨 칸이 왔다. 그는 보통 때처럼 하얀 셔츠 차림에 미소를 짓고 있었다. 우리를 자기 주위로 불러 모았다. 그러곤 이름과 고향을 말해 달라고 했다. 가족을 찾아서 우리를 집으로 데려다 줄 준비를 할 거라 했다.

"부모님들을 다시 만날 수 있을 게다."

대부분의 아이들이 기뻐서 소리를 질렀다. 그리고 에샨 칸 주위에 모여들어 이상하고도 낯선 이름들을 큰 소리로 말했다. 그러나 몇몇 아이들은 한쪽에 떨어져 있었다.

키가 크고 마른 카림이 투덜댔다.

"난 가족이 없어. 어디로 가야 하지?"

마리아는 내 품에 안겨 있었다. 마리아는 여전히 불분명하고 쉰 듯한 목소리로 내 귀에 대고 속삭였다.

"난 아버지가 돌아가셨을까 봐 걱정이야. 내겐 언니, 오빠 들밖에 없어. 어디로 갈 거야, 파티마 언니?"

어떻게 해야 하지? 나는 어머니에 대한 막연한 기억과 남자 형제들의 희미한 모습밖에 생각나지 않았다. 그들의 이름도 생각나지 않았다. 내 고향 마을 이름이 뭔지, 어디인지 정확하게 생각나지 않았다. 주위에 밭이 있고 그 사이에 오두막집 넉 채가 있었지. 어쩌면 그런 곳은 존재하지 않을지도 모른다고 생각한 적도 있었다.

이크발이 내 옆으로 왔다.

내가 물었다.

"넌 떠날 거지, 그렇지?"

이크발이 가족과 살던 때의 일들은 사소한 것까지 고집스럽게 기억하고 있다는 게 생각났다. 이크발이 내 얼굴을 마주 보고 싶지 않다는 듯 시선을 피했다.

"응, 그럴 것 같아."

이크발이 퉁명스럽게 말했다.

"부모님 품에 안기고 싶지?"

"물론이야."

이크발이 다시 퉁명스럽게 말했다.

"기쁘지 않니?"

잠깐 동안 이크발은 아무 말도 하지 않다가 이내 "모르겠어." 하고 말했다. 이해할 수 없는 일이었다.

"들어 볼래?"

이크발이 천천히 설명했다.

"난 오래전부터 가족들을 다시 만나고 싶었어. 어머니와 아버지를 만나고 싶어. 그렇지만 난 아버지나 어머니처럼 살고 싶진 않아."

"다시 널 팔아 버릴까 봐 겁나니?"

"그게 아니야. 우리 아버지나 너희 아버지는 나쁜 사람이어서 우리를 판 게 아니야. 우리를 판 게 아버지들로서는 너무나 가슴 아픈 일이었을 거야. 그렇지만 달리 어떻게 할 방법이 없었겠지.

아니야, 이게 아니야. 난 다른 일을 하고 싶어."

"다른 일, 뭐?"

이크발의 두 눈이 에샨 칸을 찾고 있었다.

"아직은 잘 모르겠어." 하고 이크발이 중얼거렸다.

우리 둘은 아무 말도 하지 않았다. 잠시 후 이크발이 내 손과 마리아의 손을 잡았다.

"가자!"

이크발이 소리쳤다.

"어딜?"

"나가자. 이렇게 슬퍼하고 있으면 안 돼."

"나가자고? 그럴 수 있어?"

"물론이지. 우린 자유야!"

"뭘 하려고?"

마리아와 내가 한목소리로 물었다. 이크발의 태도가 조금 이상했다.

"에샨 칸이 나에게 선물을 했거든. 그리고 나도 너에게 약속했잖아."

밖은 완전히 새롭고 이상하고 시끄러웠다. 우리는 쉴 새 없이 주위를 둘러보았다. 해가 떠 있었고 바람이 불고 향기로운 냄새가 났다. 우리는 도시가 내려다보이는 언덕으로 향했다. 마지막 집들을 뒤로한 채 자갈과 풀만 있는 곳으로. 따뜻한 오후였다. 언덕 아래의 도시는 안개에 싸여 있었지만 우리가 있는 곳은 깨끗하고 맑고 투명했다.

"아직 보지 마!"

이크발의 말에 우리는 두 손으로 눈을 가렸다. 그렇지만 나는 마리아가 손가락 사이로 훔쳐보고 있다는 것을 금방 알 수 있었다. 나도 마리아처럼 했다.

이크발이 셔츠 안에서 꾸러미를 하나 꺼냈다. 하얀색과 여러 가지 색깔로 된 무엇인가를 꺼내 풀밭에 펼쳐 놓았다. 그러고는 실 꾸러미를 풀었다. 이크발이 들판을 달려가면서 우리에게 크게 소리쳤다.

"이제 봐도 돼!"

연은 이미 하늘 위에 떠 있었다. 바람 따라 높이 날았다. 우리는 연을 구름이 떠 있는 데까지, 그리고 그보다 더 더 높이까지 날렸다.

우리는 연줄을 주고받으며 몇 시간 동안 연을 날렸다. 그러다가 돌풍이 불어와 연줄이 끊겨졌다. 우리는 연이 파란 하늘로 빨려 들어가 태양 쪽으로 날아가는 것을 보았다.

우리 셋 얼굴이 빨갛게 달아올랐다. 숨도 찼다.

늦은 오후가 되어서야 집 쪽을 향해 언덕을 내려오면서 이크 발이 우리에게 말했다.

"난 결심했어. 난 에샨 칸과 남을래. 너희들도 나와 함께 남자."

13

그렇게 우리는 해방 전선에 남아 함께 지내기로 결심했다.

"전 여기 남고 싶어요."

저녁을 먹고 난 뒤 지도부 남자들과 여자들이 모두 일 층의 큰 방에 모였을 때 이크발이 말했다.

"전 파키스탄에서 노예로 살고 있는 어린이들을 구하는 일을 돕고 싶어요."

"그건 불가능한 일이야, 이크발. 넌 아주 용기 있게 네 주인에게 반항했고, 네 친구들을 자유롭게 해 줄 수 있도록 우리를 도와줬어. 그렇지만 우리와 함께 지낼 수는 없다. 네겐 가족이 있어. 우리가 널 빨리 네 아버지와 어머니께 보내지 않으면 네 부모님이 뭐라고 하시겠니?"

"제가 가족들에게 돌아가는 게 무슨 소용이 있겠어요."

이크발이 반박했다.

"일 년 후면, 아니 그전에 전 다시 노예가 되는 게 아닌가요? 아니, 파티마도 마리아도 그럴 거예요. 다른 친구들도 마찬가지고요. 우리처럼 일하는 아이들이 얼마나 되나요?"

"정확히는 모른단다. 하지만 분명 많을 거야. 여기 라호르에만 해도 백여 개가 넘는 불법 카펫 공장이 있어. 벽돌 가마들도 많지. 산 위에는 광산들이 있어. 그리고 노예처럼 농사를 짓는 아이들도 있지……. 수만 명, 수천만 명, 아마……."

"여러분들은 그 아이들을 해방시켜 주고 싶어 하시죠. 저도 그래요."

이크발이 말했다.

마리아와 나는 입을 벌린 채 그 토론을 지켜보고 있었다. 우리는 결코 그런 식으로 어른과 대등하게 말할 용기가 없었다. 그때 이크발은 정말 어른 같아 보였다.

"생각해 보세요, 에샨. 이 아이는 영리하니까 우리에게 도움이 될 거예요. 판사에게 개입해 달라고 설득하기가 얼마나 어려운지 알잖아요. 이크발은 몰래 카펫 공장에 들어가서 아이들과 이야기할 수 있어요. 아이들은 이크발을 믿을 거고요. 그러면 결정적인 증거들을 잡을 수 있을 거예요. 이크발이 없었다면 후사인 칸을 잡아넣지 못했을 겁니다."

한 남자가 의견을 덧붙였다. 하지만 에샨 칸은 계속 고개를 저었다.

"안 돼. 그러려면 배워야 할 게 너무 많아……."

"배울게요. 벌써 글을 읽고 쓰는 법을 배웠어요. 아, 조금이긴 하지만요."

"게다가 너무 위험해. 카펫 공장 주인들은 힘이 있어. 벽돌 가마 주인들도 그렇고. 고리대금업자들도 가만있지 않을 거다. 경찰은 그들을 보호하려고 하지. 너희들도 알잖니. 판사들은 못 본 척하려고 해. 여기 있는 우리 모두 온갖 협박에, 어려움을 당하고 있어. 안 돼, 허락할 수 없다."

이크발이 의자에서 똑바로 일어났다. 이크발은 그렇게 크지 않았다. 하지만 그때는 아주 커 보였다. 이크발의 머리가 천장 대들보에 닿을 것 같았다. 이크발은 미소를 지었다.

"전 두렵지 않아요. 전 아무도 무섭지 않아요."

사람들은 이크발을 믿었다.

며칠 뒤, 이크발은 고향 집으로 부모님을 만나러 갔다. 해방 전선 사람들과 함께 있겠다고 허락받기 위해서였다. 에샨 칸이 이크발을 데려다주었다. 그리고 열흘 후 다시 이크발을 데려왔다. 이크발은 그날 하루 종일 자기 방에 틀어박혀 있었다. 저녁이 되자 방에서 나와 우리에게 말했다.

"우리 어머니는 눈물만 흘리시고 아버지는 두려움에 떠셨어. 하지만 곧 내 선택을 이해하시고 인정해 주셨어. 난 틈날 때마다 자주 부모님을 찾아뵙겠다고 약속했어."

이크발이 잠시 후 덧붙였다.

"있잖아, 파티마. 난 공부를 하고 싶어. 모든 걸 배우고 싶어. 훌륭한 변호사가 되어서 파키스탄의 아이들을 자유롭게 해 주고 싶어."

"근사해, 이크발 오빠!"

마리아의 외침에 나도 "근사하다." 하고 말했지만 내 목소리는 떨렸다.

이크발은 정말 열심히 공부했다. 해방 전선의 회의마다 참석하고 어른들 틈에 앉아 대화를 이해하려고 이마를 찌푸린 채 열심히 이야기를 들었다. 나도 가끔 참석했지만 그들의 논쟁과 복잡한 이야기들을 따라가기에 난 아는 게 너무 없었다.

이크발은 책을 많이 읽었다. 밤에도 촛불을 켜 놓고 공부했다. 글자들을 한 자 한 자 소리 내어 읽었다. 또 카메라 사용법을 배웠다. 그리고 틈만 나면 에샨 칸과 함께 몇 시간씩 이야기를 나누었다.

"두 사람은 꼭 닮았어."

나는 이크발에게 말하곤 했다.

다른 친구들은 하나씩 집으로 돌아가기 위해 떠났다. 모하마드는 산으로 떠났다. 그 애는 더듬더듬 한바탕 인사의 말을 늘어놓으며 자기감정을 숨기려고 애썼다. 살만도 떠났다. 살만은 거칠게 나를 꽉 부둥켜안았고, 이크발에게는 이렇게 말했다.

"형제여, 우리가 후사인의 횡포를 막을 수 있어서 정말 기분 좋아. 나도 여기 남아서 기꺼이 널 도와주고 싶지만 우리 늙은 부모님께는 내가 필요하거든."

우리를 즐겁게 해 주던 나뭇가지도 떠나갔다. 꼬마 알리도 떠났다. 알리는 참지 못하고 눈물을 흘렸다. 다른 아이들도 떠났다.

우리 말고 낡은 벽돌집에는 카림만 남았다. 카림은 식사와 잠자리를 제공받는 대신 무슨 일이든 다 했다. 그리고 아주 귀찮아하기는 했지만 이크발의 명령도 따랐다.

이크발은 한 달도 채 안 되어 또 다른 불법 카펫 공장에 몰래 숨어 들어갔다. 라호르 교외에 있는 지하 공장이었다. 이크발은 그 공장에서 서른두 명의 아이들을 만났다. 다들 몸에 옴과 상처투성이였다. 너무나 여위어서 갈비뼈가 다 툭툭 튀어나와 있었다. 이크발은 아이들에게 말을 걸고 자기 이야기가 사실이라는 것을 증명하기 위해 아직도 상처가 남아 있는 손을 보여 주었다. 이크발은 쇠사슬과 방직기, 땅에서 스며 올라오는 물이 괸 웅덩이들을 사진으로 찍었다.

사흘 후, 전선의 행동 대원들이 경찰, 판사와 함께 그 공장을 급습했다. 그들은 공장 주인을 체포하고 아이들을 풀어 주었다.

마리아와 나는 밤새도록, 그리고 그다음 날도 에샨 칸 부인과 다른 여자들을 도와 끓는 물이 담긴 솥을 옮기고 새로 올 아이들의 잠자리를 준비했다.

세상에, 그 아이들이 얼마나 더럽던지! 그때 우리도 그렇지 않았을까?

그 이후로도 이크발은 미성년자를 착취하는 열한 개 공장의 문을 닫게 하고, 이백여 명의 어린이들을 해방시키는 데 공헌했다. 전선 본부는 고아원으로 변했다. 모두 같은 이야기, 비슷한 사연이었다. 시골 어딘가에 있는 멀고 먼 마을, 빼앗긴 수확물, 고리대금업자에게 꾼 돈, 노예 생활.

"우리가 공격해야 할 사람들은 바로 고리대금업자들이에요. 모든 게 다 그자들 때문이라고요."

이제 이크발은 어른들의 회의에서 침착하게 말할 수 있었다. 자기 의견을 말하고 다른 사람들의 이야기를 들었다. 이크발은 지칠 줄 몰랐다. 하나의 임무를 완수하고 나면 곧 다른 일을 시작했다.

"모두 감옥에 보내야 해요, 모두!"

이크발이 소리쳤다.

한번은 이크발이 늦은 밤이 되어도 돌아오지 않았다. 우리는 이크발에게 무슨 일이 생긴 것은 아닌지 걱정했다. 이크발은 다음 날 아침 눈에 멍이 들고 뺨에 상처가 난 채 돌아왔다.

"다른 공장을 하나 찾아냈어요. 그런데 제 카메라를 빼앗아 부숴 버렸어요. 며칠만 그냥 내버려 둬요. 제가 다시 갈 거예요."

이크발이 말했다.

에샨 칸은 이크발을 자랑스러워했고 친자식처럼 대했다. 그리고 나는 가끔 이유 없이 이크발을 질투했다. 에샨 칸은 나와 마리아도 딸처럼 대해 줬고 부족한 게 아무것도 없었는데도 그랬다. 그 이유를 알 수 없었다. 어쩌면 이크발과 나는 서로 다른 길을 가고 있어서, 조만간 우리 둘이 헤어질 수밖에 없다는 것을 직감했기 때문이었을지 모르겠다. 내 머릿속에는 가족에 대한 생각이 박혀 있기도 했다. 조만간 사람들이 내 가족을 찾아 줄 것이다. 그러면 난 어떻게 해야 하지?

문제점들도 나타나기 시작했다.

"조심해야 해. 그들이 그렇게 쉽게 포기하지는 않을 거야. 우리가 어린이들을 해방시키면 시킬수록, 더 많은 착취자들을 고발하면 할수록 그들은 우리의 입을 막으려고 할 거야. 그자들은 우리들의 목소리를 두려워하니까. 그들은 침묵과 무지 속에서 살쪄 왔지."

어느 날 밤, 나는 우연히 에샨 칸이 아내에게 속마음을 털어놓는 걸 듣게 되었다.

"이크발 때문에 걱정이구려. 이제 그들이 이크발에 대해 알게 되었어. 우리가 자기들을 공격하는 데에 무엇보다 이크발의 도움이 컸다는 것을 안 거야. 당신도 알다시피 이크발은 너무 열심이야. 좀 더 조심해야 해."

사실 그때부터 전선의 활동 대원들은 밤마다 일 층 응접실에서 보초를 섰다. 어느 날엔가 이상한 소리 때문에 모두 잠에서 깼는데, 곧이어 구타 소리와 비명 소리가 들렸고 뒤이어 사람들이 달아나는 발소리가 들렸다. 우리가 무슨 일이냐고 묻자 어른들은 아무 일도 아니라고 했다. 사실이 아니었다. 분위기가 이상했다. 또 한번은 길에서 어떤 사람이 위협적으로 주먹을 휘두르며 우리에게 욕을 해 댔다. 전선 본부 앞 보도에 가끔씩 수상한 남자들이 나타나기도 했다. 그들은 몇 시간이고 그 자리에 서서 들어오고 나가는 사람들을 지켜보았다.

우리를 해치려는 자들에 대해 생각해 보았다. 후사인 칸이 떠올랐다. 하지만 그 사람들은 후사인과는 다른 뭔가가 있었고 후사인보다 훨씬 더 나쁜 사람들이라는 걸 나는 알고 있었다.

시장에서의 일화도 있었다. 라호르 같은 현대적인 대도시에도 재래시장이 있었다. 재래시장은 일상생활과 활동의 중심지였다. 늦은 시간이든 이른 시간이든 사람들은 아무 때나 재래시장에 들렀다. 장을 보기 위해서이기도 했지만 친구들을 만나고 수다를 떨고 사람들을 보기 위해서이기도 했다.

전선의 행동 대원들은 정기적으로 시장에 갔다. 네 개 나무판자로 작은 연단을 만들고 큰 현수막을 걸었다. 그 위에는 이렇게 적혀 있었다. **'미성년자 노동 착취 반대.'** 대원들은 포스터를 높이 들고 사람들에게 인쇄물을 나눠 주었다. 이크발이 그들을 처음 만났을 때처럼 말이다. 대원들은 집회를 짧게 했다. 멀리 있는 사람들도 들을 수 있게 나팔처럼 생긴 것('메가폰'이라고 불렀다)을 사용했다.

늘 사람들은 조금밖에 안 모였다. 상인들, 특히 부자 상인들은 연설자들을 비웃고 욕하고 자극했다. 연설자들에게 물건을 던지기까지 했다. 대부분의 사람들은 무관심했다. 주저하면서도 용기 내서 연설자들에게 동의하는 사람은 불과 몇 명에 지나지 않았다. 그들은 대개 농부나 육체 노동자, 또는 어찌 되었든 자식들을 돈 때문에 잃는다는 게 무엇인지를 직접 경험으로 알게 된 사람들이었다. 어른들은 그 집회가 너무나 위험해서 나와 마리아는 참석할 수 없다고 말했기 때문에 이크발을 통해서 전해 들을 수밖에 없었다.

집회 때 이크발도 연설을 했다. 과일 상자를 뒤집어 놓고 그 위에 똑바로 올라가서 소리쳤다. 목소리를 크게 해 주는 그 나팔이 너무 무거워서 입 앞에 겨우 대고 말을 했다. 부끄럽고 당황스러운 데다 고함에 휘파람 소리, 야유 소리까지 들렸지만 이크발은 자기 경험을 이야기했다. 후사인에 대해, 쇠사슬에 대해, 카펫 공장에 대해 이야기했다. 그리고 회의 때마다 이크발은 자신이 들었던 그 이름들을 사람들 앞에서 하나하나 불렀다. 난 그 자리에 없었지만 사람들이 이야기해 주었다. 악질 고리대금업자, 부자, 중요 인물, 신원이 분명치 않은 사람 들의 이름이 불렸다. 시내의 호화 주택에 살고 있고 여행을 즐기며 전 세계에서 사업을 하는 사람들이었다.

'우리를 해치려 하는 게 그들이구나.' 하고 나는 생각했다.

이크발은 그들을 백정, 착취자, 독수리라고 불렀다.

얼마 후, 광장에서 폭동이 일어났다. 몇몇 남자들이 연단을 공격하려고 했다. 그 남자들은 팔꿈치로 밀치고 때리며 달려들었다. 경찰들은 마지못해 끼어들었다.

우릴 해치려는 자들은 광장에 없었다. 시장에 드나들지도 않았다. 그러나 동지들이 많은 게 분명했다.

다음 날 아침, 에샨 칸이 신문을 한 뭉치 들고 들어왔다. 라호르에서 발간되는 모든 일간지와 카라치의 한 일간지에도 어제의 사태에 대한 기사가 실려 있었다. 신문에는 이크발이 연단에서 그 우스꽝스러운 나팔을 입에 대고 연설할 때 찍은 사진도 실려 있었다.

어느 신문에서는 이크발을 '착취자들을 고발한 용기 있는 소년'이라고 소개했지만, 또 어느 신문은 '어린이의 순진함을 이용한 부끄러운 행동'이라고 이야기했다.

난 그게 무슨 말인지 몰랐다.

우리는 이크발을 놀렸다. 이제 영화배우가 다 되었다며 말이다. 이크발의 얼굴이 고추처럼 빨개졌다.

"잘한 일이지요, 아버지? 아버지께서 그들은 항상 침묵과 무지 속에서 더 강해진다고 말씀하셨잖아요. 보세요, 이건 침묵이 아니에요."

이크발이 에샨 칸에게 말했다.

"그렇다, 이크발. 이건 우리의 주장에 큰 도움을 주는 일이야."

그렇지만 에샨 칸은 확신하고 있는 것 같지는 않았다. 걱정스러워 보이기도 했다.

난 그 당시를 너무나 생생하게 기억하고 있다. 이크발이 얼마나 어른스러워졌던지! 조만간 이크발의 얼굴에 수염이 날 거라고 기대하기도 했다. 정말 얼마나 우스운 생각인가! 나 역시 성장한 것 같았다. 이크발은 행복해했고 모든 일에 열광하고 새로운 소식에 목말라했다. 우리는 새로운 삶, 자유인으로서의 삶에 익숙해져 가고 있었다.

우리는 우리가 원할 때 외출할 수 있었다. 대부분 에샨 칸 부인이 우리를 가까이에서 지켜보며 엄격하게 시간을 지키게 했다. 한번은 우리에게 동전 두 개를 선물로 줘서 극장에 가게 되었다. 정말 카림이 이야기해 주었던 것과 똑같았다. 우리는 네 시간 동안 상영하는 인도 영화를 보았다. 나는 영화를 보면서 내내 울었다. 이크발은 영화를 끔찍하게 싫어했다. 다시 영화를 보고 싶어 하지 않았다. 우리는 텔레비전이 무엇인지도 알게 되었다. 또 멀리 미국에서 왔다는 이상한 음악을 들었다. 어떤 때 그 소리는 뿔로 치고받으며 싸우는 소 소리와 똑같았다. 그렇지만 나쁘지는 않았다.

이크발은 장래에 대한 계획이 많았다. 그리고 항상 그 계획을 나와 마리아에게 이야기해 주었다. 이크발은 어떤 소식을 들어도 놀라지 않았다. 나도 조금은 그랬다. 내가 보기에는 모든 일이 너무 빨리 벌어지는 것 같았다. 어쩌면 난 이렇게 아름다운 꿈이 끝나 버릴까 봐 겁을 내고 있었는지도 모른다.

어느 날 오후, 전선 본부에 특이한 옷차림의 서양 여자 한 사람이 들어왔다. 미국 신문 기자라고 했다. 그녀는 이크발과 에샨 칸을 인터뷰했다. 그들은 두 시간 동안 이야기를 나누었다. 그리고 기자는 다른 남자를 소개해 줬다. 그 사람은 해외 특파원이라고 했다.

"외국에서도 우리의 투쟁을 알게 되면 우리를 도와줄 거고 우리가 더 보호를 받을 수 있게 될 거야."

에샨 칸이 말했다.

이틀 밤 뒤 우리는 폭음에 잠이 깼다. 비명 소리가 들렸고 불길이 이 층 창문까지 솟구쳐 오르는 게 보였다. 우리는 일 층으로 내려가려고 했지만 에샨 칸이 우리를 막았다.

"너희들은 여기 가만히 있어!"

누군가가 전선의 본부에 소이탄* 두 개를 던진 것이다. 한 사람이 부상을 당했다. 우리는 그 사람을 병원으로 옮겼다. 그는 양팔을 붕대로 감아야 했다.

그건 우리를 해치려는 자들이 보내는 경고였다.

---

* 화염이나 고열로 사람이나 건물을 살상 혹은 파괴하는 폭탄.

14

"한 시간 넘게 어둠 속을 여행했어. 달도 없었고 날씨도 추웠어. 트럭 짐칸에 있던 우리는 너무 추워서 방수 천 밑으로 들어갔어. 몸을 좀 따뜻하게 하려고. 꼭 커다란 옷 속에 들어간 갓난아기들 같았어."

"굉장했겠다!"

"막 웃음이 나오려다가도 지금이 웃을 때가 아니라는 것을 알게 되었어. 다들 심각했고 긴장하고 있어서 예민했거든. 에샨 칸은 이번 일이 위험하다는 것을 알고 있었어. 그래서 수차 강조했어. 너도 들었어야 하는데, 파티마. '조심해! 조심해야 해, 제발 부탁이야! 이번에는 보통 때보다 훨씬 더 어려울 거야.' 사실 에샨이 그렇게 개입한 적은 한 번도 없었거든.

갑자기 아스팔트 길을 벗어나 여기저기 구덩이가 팬 길로 접어들었어. 난 우리가 어디에 와 있는 건지 알 수 없었지. 주위에는 아무것도 없었어. 어둠과 침묵, 코를 얼어붙게 하는 차가운 바람뿐이었어.

우리는 해가 막 뜨려고 할 무렵에서야 벽돌 가마가 보이는 곳에 도착했어. 자갈과 진흙이 깔린 평지였지. 나무 한 그루, 풀 한 포기 없었어. 가마는 돌로 만든 보기 흉한 언덕 같았어. 그 가마에 달린 둥그스름하고 높은 기둥이 희미한 역광을 받아 두드러져 보였어.

사람들은 벌써 일하고 있었어, 파티마. 아침 시간에 벽돌을 더 많이 만들 수 있기 때문이야. 해가 뜨고 날이 무더워지면 피곤해서 작업 속도가 느려지고 팔이 부러질 정도로 아파 오니까. 우리가 그들이 있는 곳으로 갔지만 한눈팔지 않으려고 아무도 고개를 들지 않았어. 너도 봤어야 해, 파티마. 그 사람들은 평지 여기저기에 흩어져 있었는데, 아직 어둠의 그림자가 완전히 걷히지 않아 제대로 보이지 않았어.

한 집이 하나의 구덩이를 가지고 있었어. 그 구덩이 안에서 아이들이 흙과 물을 개고, 진흙으로 둥근 빵같이 생긴 것을 만들었어. 작은 괭이로 흙을 파기도 했지. 흙은 단단했어. 여자아이들은

거의 1킬로미터나 떨어져 있는 샘에 가서 물을 길어 왔어. 20리
터짜리 플라스틱 통을 들고 샘까지 왔다 갔다 했지. 남자아이들
은 진흙 반죽을 어머니에게 던지고 어머니는 그것을 받아 정말
빵을 만들 듯이 잘 매만져 아버지에게 던졌어. 아버지는 나무틀
에 그것을 넣고 누른 다음 나머지를 잘라 냈지. 마지막으로 벽돌
을 틀에서 뺀 뒤 땅에 내려놓아 햇빛에 말리는 거야. 긴 벽돌 줄
이 그 빈터에 늘어서 있었어. 시간이 흐를수록 그 줄은 길어져서
마치 구불구불한 뱀 같았지."

"그러니까 온 가족이 벽돌 가마에서 일하는 거구나."

"물론이지. 거기서는 모두 반값씩밖에 임금을 못 받아. 하루에
100루피를 벌려면 벽돌 천이백 개를 찍어야 해."

"100루피면 엄청 많은데!"

"나도 그렇게 생각했어. 그런데 내 이야기 좀 들어 볼래?

우리가 트럭에서 내려서 한 가족에게 다가갔어. 에샨 칸이 그
집의 가장에게 우리가 누구이고 무엇 때문에 왔는지 설명했지.
그 남자는 고개도 들지 않았어. 땅에 쭈그리고 앉아서 삼십 초
에 한 번씩 벽돌을 꺼냈어. 온몸이 더럽고, 긴 머리카락은 진흙
범벅이었어. 에샨 칸이 계속 말했지. 남자는 여전히 고개를 들지
않고 에샨 칸의 말을 막지도 않았어. 그저 이렇게 중얼거리기만

했어. '오, 세상에. 형제, 꺼져 줘요.'

파티마, 맹세하는데 난 눈물이 날 것 같았어. 그렇게 비인간적인 상황에서 일하는 아이를 보면 끔찍하지. 우린 너무 잘 알잖니. 하지만 그때 그 모습은 그보다 더 심했어. 왜냐하면 그 남자는 어른이었으니까. 성인이었으니까. 아버지였고. 난…… 모르겠어…….”

“그 사람이 이상했니?”

“그 사람은 어른 같아 보이지가 않았어. 가진 게 아무것도 없는 것 같았지. 햇볕이 더 강해지자 그 사람을 비롯한 다른 사람들이 벽돌 줄을 따라 땅바닥을 기는 거야. 우리 친구 살만이 생각나더라. 벽돌 가마에서 일했다고 하면서 가마 이야기를 한사코 하지 않았었지. 그제야 난 그 이유를 알게 되었어.”

“불쌍한 살만! 너, 그 애 손 기억나니?”

“물론 기억나지. 그래서 난 구덩이로 다가가서 아이들과 이야기를 나누어 보았어. 아이들도 처음에는 대답하지 않으려고 하더라. 그런데 그 애들 중 내 또래처럼 보이는 제일 큰 애가 이야기를 하기 시작했어. 그러면서도 계속 괭이로 땅을 파고 물을 부어 흙을 갰어. 머리에서 발끝까지 진흙에 뒤덮여 있었지.”

“그 애가 뭐라고 했는데?”

"그 아이네 식구는 모두 여섯이고 운이 좋은 날은 벽돌을 천오백 개 찍을 수 있다고 하더라. 땅이 너무 단단하지 않아서 벽돌을 더 많이 만들 수 있고, 햇볕이 너무 강해서 부서지는 벽돌이 몇 개 되지 않을 땐 말이지. 부서진 벽돌은 계산에 넣지 않으니까. 어떤 날은 120루피를 버는데 그것으로는 부족하다고 했어."

"대체 왜?"

"주인에게 집세를 내야 하기 때문이래. 그 아이는 가마 옆에 있는 낮고 좁은 오두막을 가리켰어. '한 집에 가로세로 3미터인 방 하나씩 주어져. 방에 있는 건 요리를 할 수 있는 난로와 간이 침대 몇 개, 유리도 없는 작은 창이 전부야.' 그 아이가 설명해 줬어. '그리고 주인에게 방에서 쓰는 석탄값을 내야 해. 먹을 것은 주인에게서만 살 수 있어. 값은 원래 가격보다 훨씬 비싸지. 그래서 로티*를 해 먹으려고 밀과 제비콩, 작은 기름 한 병만 사도 하루 일당 중 남는 게 거의 없다니까.' 그들은 엄청나게 빚이 많은데 1루피도 못 갚았대. 그 아이가 이렇게 말했어. '난 아버지의 빚을 물려받게 될 거야. 내 자식들은 내 빚을 물려받게 되겠지.' 그 애는 더러운 물로 손을 씻었어. 그러고는 '이제 가 봐. 곧 문스

---

* 인도, 파키스탄, 네팔 등 남아시아에서 주로 먹는 납작한 빵.

키, 그러니까 감독이 올 거야. 감독은 다른 사람이 여기 오는 것을 좋아하지 않아.'라고 덧붙였어."

"그래서 넌 뭐라고 했니, 이크발?"

"뭐라고 해야 할지 모르겠더라. 난 그 애와 그 애 동생들의 발을 봤어. 막내가 다섯 살 정도 되었으려나. 그런 발은 난생처음 봤어. 난 얼른 얼굴을 돌렸어. 하지만 그 애는 내가 발을 보았다는 것을 알아차렸지. 그 애가 웃더니 말했어. '봐!' 발바닥에 손가락 두 개 정도 되는 못이 박혀 있었어. 발바닥은 시커멓고 다 갈라져 있었지. 그 애가 설명해 주었어. '가마 위에 올라가야 할 일이 있거든. 바구니를 가지고 말이야. 그리고 구멍 안에 바구니에 든 석탄을 쏟아붓는 거야. 한가운데서 석탄이 더 잘 타도록. 가마는 용 같아. 먹어도 먹어도 만족할 줄 모르거든. 투덜거리다가 불길을 내뱉는 것 같은 소리를 들을 수 있어.' 내가 살이 타지 않느냐고 물었어. '물론 타지, 바보야!' 그 애가 대답했어. 난 더 이상 그 애에게 할 말이 없었어."

난 그렇게 풀이 죽어 있는 이크발을 본 적이 없었다. 그날은 다른 사람들도 어두운 얼굴에 낙심한 것 같은 분위기로 돌아왔다. 항상 낙천적이고 늘 농담을 던지곤 하던 에샨 칸까지 그랬다.

"그러고 나서 무슨 일이 있었는데?"

내가 물었다. 일행이 돌아올 때 이미 소문이 퍼져 있었기 때문에 나는 무슨 일이 있었는지 이미 알고 있었다.

"문스키가 큰 자동차를 타고 왔어. 우리가 일하는 사람들과 이야기하고 있는 것을 보자 몹시 화를 냈어. 꺼지라고 고함을 쳤지. 에샨 칸이 우리가 누구인지 말한 뒤, 이 사람들도 자유인이고 노동자라고, 그러므로 우리는 이 사람들과 이야기할 권리가 있다고 설명했지. 그렇지만 문스키가 더 크게 고함을 쳤어. 가끔 있는 일이지. 너도 알잖니. 그래서 우린 별걱정 하지 않았어. 문스키가 주위를 둘러보았어. 미친 사람 같았어. 우리에 대한 증오심과 분노에 가득 차 있었지.

그는 자기 사무실로 달려갔어. 초록색으로 칠한 양철 조립식 건물이었어. 전기가 들어오는 유일한 곳이었지(전깃줄이 보였거든). 누군가에게, 그러니까 친구에게 전화를 건다고 생각했어. 경찰에 걸 수도 있고. 에샨 칸이 말했어. '흩어지면 안 돼. 우리에게 아무 짓도 하지 못할 거야.'

문스키가 사무실에서 나왔어. 손에 시커먼 것을 움켜쥐고 있었어. 그는 앞으로 팔을 뻗었지. 그 사람은 권총을 들고 있었어, 파티마. 그가 총을 쏘았어. 총소리를 듣고 빈터로 뿔뿔이 흩어졌지. 그러다가 진흙 위로 미끄러졌어. 우리는 달아나려고 했어. 그는 계속 총을 쏘았고 그러면서 우리에게 욕설을 퍼부어 댔어. 절대 멈출 것 같지 않았어. 정말 죽이려고 총을 쏜 거야, 파티마. 천만다행으로 아무도 다치지 않았지. 우린 트럭에 다시 올라타고 그 자리를 피했어. 이런 일은 처음이야."

저녁이었다. 큰 집에 불이 모두 켜져 있었다. 우리는 저녁을 먹으러 오라고 부르길 기다리고 있었다. 보통 때처럼 길 위의 소음들이 창문 밖에서 위압적으로 들려왔다.

"그렇다고 변한 건 아무것도 없어, 이크발."

내가 이크발에게 말했다.

"알아. 그렇지만 우린 우리 일을 계속할 거야."

하지만 이크발은 뭔가 내게 하고 싶은 말이 있는 것 같았다. 이크발이 목소리를 낮춰 속삭였다. 그때 길에서 큰 트럭이 지나가서 이크발의 말이 잘 들리지 않았다.

"나 정말 무서웠어, 파티마. 제발 부탁이야. 아무에게도 말하지 말아 줘."

나는 겨우 살짝 이크발을 쓰다듬어 주는 시늉만 했다. 그 애의 몸을 만진다는 게 부끄러웠기 때문에, 그리고 그건 옳지 않은 일이었기 때문이었다.

"저녁 먹어라! 저녁!"

에샨 칸 부인이 소리쳤다.

"걱정 마. 너하고 나만 알고 있자."

내가 속삭였다.

몇 주일 뒤 이크발은 떠났다. 나도 떠났다. 그게 우리가 나눈 마지막 대화였다.

그때 진짜로 이크발을 쓰다듬어 주었더라면 좋았을 텐데…….

15

11월 어느 날이었다. 지루한 비가 그치지 않고 내리고 있을 때 에샨 칸이 나와 이크발을 개인 사무실로 불렀다. 새로운 소식이 있다고 했다. 에샨 칸은 항상 편안하게 대할 수 있는 사람이지만 개인 사무실에 들어가 있을 때 그를 방해하면 야단이 났다.

우리는 석회를 바른 그의 사무실로 들어갔다. 물건들이 꽉 차 있고 여러 가지 색깔에다 정신없이 어지러운 다른 방들과는 달리 그 방은 아무 장식도 없이 정리가 아주 잘되어 있었다. 서류들이 잘 쌓여 있는 책상, 전화, 그리 편해 보이지 않는 의자, 차를 마시는 데 필요한 물건과 진한 담배 냄새가 그 방의 전부였다.

에샨 칸은 초조하게 왔다 갔다 하고 있었다. 그의 눈이 빛났다. 그는 두 손에 각양각색의 그림이 가득 그려진 큰 공을 들고 있었다. 지구본이었다.

우리는 그 공을 몇 번 본 적 있었기 때문에 이렇게 생각했다.

'싫어! 지리 공부를 하려나 봐!'

하지만 공부를 하기에는 적당한 장소가 아닌 것 같았다.

에샨 칸이 공을 굴렸다. 그러더니 노란색으로 칠해진 넓은 땅을 가리켰다.

"여기가 미국이란다. 아주 크고 중요한 나라지."

"알고 있어요. 노래를 만드는 곳이잖아요."

이크발이 수업을 피할 수 있길 바라면서 말했다.

"할리우드와 영화배우들도 있어요."

내가 이크발을 도와 말했다.

에샨 칸은 넓은 바다 옆 한 곳을 우리에게 보여 주었다.

"여기가 보스턴이라는 곳이다."

그는 우리가 자랑한 교양을 무시한 채 계속 말했다.

"여기서 매년 '행동하는 청년상' 시상식이 있단다. 세계 각지에서 특별히 유익한 일을 해서 유명해진 청년에게 주어지는 상이지. 그 상은 리복에서 후원한단다."

"리복 알아요. 신발 만드는 회사예요."

이크발은 몇 달 전부터 그 신발을 갖고 싶어 했다. 그렇지만 너무 비쌌다.

"상금이 1만 5천 달러야."

"루피로 하면 얼마나 돼요?"

내가 물었다.

"많단다. 상상도 할 수 없을 정도로 많지. 이크발이 올해 그 상을 받게 되었다."

한동안 침묵이 흘렀고, 곧 이크발의 놀란 목소리가 그 침묵을 깼다.

"제가요?"

"그래. 이게 무슨 뜻인지 아니? 네가 전 세계적으로 유명해졌다는 거야. 또 파키스탄에서 벌어지는 일을, 그리고 미성년자 노동을 금지시키려는 우리의 싸움을 모두들 알게 되었다는 것이지. 이제 우리를 건드리려면 아주 조심해야 한다는 뜻이기도 해. 승리를 거둔 거야, 이크발. 네 덕분이다. 넌 나랑 상을 받으러 미국에 가야 해. 그전에……."

에샨 칸이 다시 지구본을 돌렸다.

"이곳에 들러야 한단다."

그는 개처럼 생긴 한 지역을 가리켰다.

"여기는 스웨덴이다."

"어떤 곳인데요?"

"아주 추운 나라야. 유럽에 있지. 여기서 노동 문제에 대한 국제회의가 열릴 거야. 전 세계 사람들이 참가해. 그들이 네 이야기를 듣고 싶어 한다."

"제 이야기를요?"

우리는 믿을 수가 없어 입을 다물지 못했다. 꿈만 같았다. 부모들이 아이들을 잠들게 하려고 꾸며 낸 옛날이야기 같았다. 세계라고 부르는 그 낯설고 먼 곳에서 우리의 존재를, 우리의 고통을 알고 있다는 사실을 믿을 수 없었다. 우리는 일 년 전까지 아무것도 아니었다. 발에 쇠사슬을 묶고 일하는 노예였다. 그런데 지금은 중요한 사람들이 이크발의 이야기를 듣고 싶어 한다니!

"또 있단다."

에샨 칸이 덧붙였다.

"보스턴 근처에 있는 한 대학에서 네게 장학금을 주기로 했다. 네가 계속 공부를 하고 대학에도 갈 수 있다는 뜻이야. 변호사가 되고 싶다고 하지 않았니?"

이크발은 놀라서 고개만 끄덕였다. 한 번에 너무 많은 소식들이 쏟아졌다. 이크발은 나와 에샨 칸을 번갈아 가며 쳐다보았다.

"그러면…… 떠나야겠군요……."

이크발이 중얼거렸다.

"한 달 정도 떠나 있을 것 같구나. 기대하렴. 여행이 마음에 들 게다. 새로운 것들을 많이 알게 될 거야. 돌아오면 넌 가족들과 지낼 수 있어. 오랫동안 가족들을 만나지 못했지? 그리고 공부를 하는 거야. 좀 더 크면 대학에 다니는 거지……. 기쁘지 않니?"

"기뻐요. 그렇지만 전 아버지와 파티마와 마리아와 같이 여기서 살고 싶어요……. 다른 어린이들을 구해 주고 싶어요……."

"넌 계속 우리를 도와줄 수 있어."

에샨 칸이 이크발을 안심시켰다.

"넌 우리에겐 너무 중요한 존재가 되어 버렸어, 알겠니? 네가 훌륭한 변호사가 된다면 우리에게 더욱 도움이 될 거야. 참, 파티마에게도 좋은 소식이 있다. 드디어 네 고향 마을과 가족을 찾았단다. 집으로 돌아갈 수 있게 되었다."

심장이 마구 뛰었다. 우리 집! 그 집 모습은 거의 기억나지 않았다! 어머니는? 형제들은?

갑자기 눈물이 났다. 바보같이! 이렇게 좋은 소식을 들었는데 난 울고 있었다. 내 인생의 중요한 한 시기가 끝나 가고 있음을 느꼈다. 나는 자유의 몸이 되어 집으로 돌아갈 것이다. 이크발이 한 일을 생각하면 상을 받는 게 당연했다. 모든 게 다 잘되었다.

우리가 후사인의 구박을 받으며 일할 때 이런 일이 벌어지리라고 누가 상상이나 할 수 있었겠는가?

나는 분명 기뻐서 울고 있는 것이리라.

그다음 두 주는 얼마나 시간이 빨리 지나갔던지! 그때의 기억은 꿈을 꾼 것처럼 단편적으로 조각조각 흩어져 어지럽다.

장밋빛으로 칠해진 큰 집이 시끄럽게 들끓었다. 사방에서 달려온 사람들이 모두 같이 여행 준비를 했다. 파키스탄의 기자들과 외국 기자들이 이크발이 받게 될 상에 대해 알고 싶어 했다. 정원은 야영지 같았다. 그렇게 희망에 부풀어 있기는 했지만 매일 해가 질 때면 어찌나 슬펐던지.

며칠이나 남았을까? 이제 아홉 밤.

에샨 칸은 마이크 세 개를 앞에 두고 인터뷰를 했다. 어떤 모르는 사람이 돌아다니면서 모두의 사진을 찍었다. 그때 사진을 한 장이라도 남겨 두었으면 좋았을 것을. 그랬으면 지금 여기서 볼 수 있을 텐데. 우리가 돌보던 개 두 마리는 그 시끌벅적한 분위기에 놀라 꼬리를 내리고 있었다.

입에 핀을 잔뜩 문 여자들은 이크발이 수상식 때 입을 양복을 꿰매고 있었다. 윗도리, 바지뿐만 아니라 짙은 파란색 천으로 예쁜 조끼까지 만들었다. 스웨덴은 춥기 때문이었다.

바지를 입어 보던 이크발은 속옷 차림을 부끄러워하며 내게 말했다.

"뭘 보니?"

나는 혀를 날름 내밀었다.

이크발은 혼자 텅 빈 방 안에서 스웨덴과 보스턴에서 할 연설을 되풀이해서 연습하고 있었다. 몇 마디 하고 나면 말을 더듬었다. 이크발이 "파티마, 좀 도와줘!" 하고 내게 말하면 나는 에샨 칸이 적어 준 원고를 들고 조금씩 더듬더듬 읽으며 이크발이 할 말을 알려 주었다.

"…… 파키스탄에는 7백만 명의 어린이들이 깜깜한 새벽에 잠자리에서 일어납니다. 그 어린이들은 밤까지 일합니다. 카펫을 짜고 벽돌을 굽고 밭을 갈고 광산의 갱도 속으로 내려갑니다. 놀 수도 달릴 수도 소리를 지를 수도 없습니다. 웃음이라고는 모릅니다. 그 어린이들은 노예입니다. 발에 쇠사슬이 묶여 있어서……."

"…… 어린 시절을 잃어버린 채 매를 맞고 학대받는 어린이가 한 명이라도 있는 한, 우리는 그 누구도 그 일이 나와 상관없다고 말할 수 없습니다. 모두 여러분들과 상관있는 일입니다. 희망이 없다는 말은 사실이 아닙니다. 저를 보십시오. 전 희망을 가지고 있었습니다. 여러분, 용기를 가지십시오…….”

며칠이나 남았지? 이제 여섯 밤.

소나기가 거세게 내렸다. 거리에 빗물이 흘렀다. 보기 드물게 조용하고 고요한 오후였다. 에샨 칸의 부인이 나를 꼭 껴안더니 “가엾은 것.” 하고 말했다. 그리고 내게 설명해 주었다. 내 어머니는 이미 이 세상을 떠났고 큰오빠인 아메드가 이제 가장이라고. 큰오빠는 빨리 나를 만나고 싶어 하는데, 어딘지는 모르나 아주 멀리 떠날 계획인 것 같다고도 말해 주었다. 제대로 대우받고 일을 할 수 있는 외국으로 갈 생각인 것 같았다. 에샨 칸 부인이 그렇게 말했다. 오빠는 나와 내 동생 하산을 데려갈 생각이란다.

난 몰래 에샨 칸 부부의 침실에 들어가서 낡은 옷장 문을 열어 보았다. 거기에 이 집에서 유일한 거울이 있었다. 온몸을 다 비춰 볼 수 있는 거울이었다. 난 내 모습을 잘 살펴보았다. 아마 생전 처음이었을 것이다. 나는 마른 몸에 머리는 헝클어져 있었고 키가 더 커진 듯했다. 키가 컸다는 것은 입고 있는 옷이 짧아져 무릎이 거의 드러나려는 것만 봐도 알 수 있었다. 어쩌면 푸르다를 써야 할 때가 됐는지도 몰랐다. 에샨 칸 부인에게 말해야겠다고 생각했다.

나는 이크발이 떠난 뒤 내 가족에게 가기로 했다. 이곳 사람들은 내게 모든 소식을 다 전해 주겠다고 약속했다. 그리고 내가 외국으로 떠나게 되면 먼저 그들을 찾아가 인사하기로 했다.

마지막 날 밤, 이크발과 나는 둘 다 약속도 하지 않았는데 침대에서 일어났다. 그리고 응접실에서 만나 후사인의 작업장에서처럼 오랫동안 이야기를 나누었다. 여러 이야기를 나누었는데 어떤 이야기였는지는 잘 기억나지 않는다.

다음 날 새벽, 나와 전선의 사람들은 이크발과 에샨 칸을 공항까지 배웅했다. 이크발과 나는 뒷좌석에 앉았다. 바람이 심하게 부는 날이었다. 우리는 두 사람이 비행기에 오르는 것을 테라스에서 지켜보았다. 두 사람은 그렇게 먼 거리에서도 손을 흔들어 인사했다.

비행기가 요란한 굉음을 내며 이륙해서 높이 날아올랐다.

이크발은 연보다 더 큰 것을 탔다.

심장이 두근거리고 내 몸과 영혼이 죄어드는 것 같은 기분이 들었다.

비행기는 지평선으로 사라졌다.

'미국은 대체 어떤 곳일까?'

나는 속으로 생각했다.

하지만 그때 난 이크발을 다시 볼 수 없으리라고는 상상도 하지 못했다.

나는 집으로 돌아갔다. 긴 여행이었는데 토요타 트럭이 울퉁불퉁한 길에서 펄쩍 뛰어오르던 게 기억난다. 어떤 곳은 초록빛이고 또 어떤 곳은 물에 잠겨 회색빛이었던 들판, 가축들과 사람들이 이리저리 흩어져서 허리를 숙이고 일하던 모습과 여기저기 파헤쳐진 진흙 길도 떠오른다.

오두막집이 몇 채씩 모여 있는 광경이 나타날 때마다 '이게 우리 마을 아닐까?' 하고 생각했다.

내 기억을 믿을 수가 없었다. 혼란스러웠다.

에샨 칸이 나를 집에 데려다주라는 임무를 맡긴 남자는 착하고 호감 가는 사람이었다. 내가 무슨 생각을 하고 있는지 알기라도 하듯, 내 신경을 다른 곳으로 돌리기 위해 이런저런 이야기를 계속했다. 난 집으로 돌아가고 싶기도 했지만, 돌아가고 싶지 않기도 했다.

마침내 우리는 집에 도착했다. 오빠 아메드는 어른이 되어 있었다. 하산은 이제 나보다 더 키가 컸다. 오두막 안에서 예전에 친숙했던 물건들을 조금씩 알아볼 수 있었다. 내가 수없이 다녔던, 샘으로 가는 길을 본능적으로 찾아냈고 머리 위에 물 항아리를 균형 있게 얹어 놓아 보려고 했다. 소는 더 늙고 털이 빠진 것만 빼면 예전과 똑같았다.

난 예전에 어머니가 하던 대로 요리를 하고 바느질을 하고 밭일을 도왔다. 우리를 기다리고 있는 행운을 찾아 떠나는 긴 여행에 대해선 아는 바가 별로 없었고 관심도 없었다.

그렇게 여러 날이 지났다. 시골의 하루는 아주 길게 느껴졌다.

마리아로부터 편지를 한 장 받았다. 나는 편지를 읽으러 갈대밭으로 달려갔다.

편지에는 이렇게 적혀 있었다.

'여기는 다 좋아. 에샨 칸은 스웨덴에서 한 번, 미국에서 두 번 전화했어. 이크발 오빠와도 통화했는데 잘 지내고 있대. 오빠는 스웨덴의 스톡홀름이라는 도시에서 연설을 했어. 한 번도 말을 더듬지 않아서 마지막에는 전 세계에서 온 신사들이 기립 박수를 보냈다고 해.

미국 보스턴에서는 이크발 오빠를 위해 큰 파티를 열어 줬다던데? 모두들 오빠와 인사를 나누고 싶어 했대. 상 받을 때 눈물을 흘리는 부인도 있었나 봐. 그 와중에 이크발 오빠 새 신발이 발에 끼어 아프다고 불평을 좀 했다더라. 이크발 오빠와 에샨 칸이 언니에게도 안부를 전했어. 두 사람은 돌아오고 있는 중이야.

오빠는 잠깐 동안 가족들을 만나러 갈 거래. 부활절이 다가오니까. 우리가 라마단을 중요하게 생각하듯 이크발 오빠 같은 기독교인들에게 부활절은 큰 축제인가 봐. 그럼 언니 잘 지내. 고향마을이 어떤지 궁금하다. 잘 있어! 마리아가.'

봉투에는 기사가 실린 미국 신문이 들어 있었다. 물론 난 그기사를 읽을 수 없었다. 그렇지만 그 기사에서 이크발의 이름을여러 번 발견했다. 이크발의 사진도 실려 있었다. 난 그 사진을오랫동안 들여다보았다. 어둡고 흐릿하긴 했지만.

다시 여러 날이 지나갔다. 날짜를 계산하기 위해 나는 벽 한모퉁이에 분필로 표시를 해 두었다. 이 주가 지나고 한 달이 지났다. 열흘에 한 번 오두막집을 돌며 우편물을 전해 주고 또 부칠 우편물을 가져가는, 다리 불편한 우체부를 통 볼 수 없었다.

"곧 떠나게 될 거야."

아메드 오빠가 말했다.

일이 끝나면 나는 집 문 앞에 앉아서 마을로 이어지는 오솔길을 내려다보았다. 날 잊어버린 거라고 생각했다. 나는 연을 생각했고, 잘라 버린 카펫 옆에 서 있던 이크발을 생각했고, 이크발을 도와주기 위해 무덤까지 기어가던 그 밤들을 생각했고, 라호르에서 영화를 보았던 그 오후를 생각했다. 나는 외국으로, 낯설고 먼 나라로 가고 싶지 않았다.

유럽으로 떠나기 이틀 전, 난 저 멀리 다리를 절면서 진흙탕인 밭을 가로질러 힘들게 오고 있는 우체부를 발견했다. 편지를 넣은 가방을 어깨에 메고 지팡이를 짚고 있었는데, 몸을 의지한 지팡이가 진흙 속으로 한 뼘씩이나 들어갔다.

그날은 햇빛이 별로 비치지 않았다. 음울하고 좋지 않은 날씨였다. 구름들은 지평선에 낮게 깔려 있었는데 시커먼 얼룩 같았다. 나는 우체부를 거의 삼십 분 정도 지켜보고 있었다. 그 사람은 천천히 다가왔다. 어떤 예감 같은 게 있었다고는 말할 수 없다. 다만 그 순간 눈물이 저절로 흘러나왔다.

16

내 친구이자 사랑하는 언니
파티마에게

　요 며칠 동안 언니가 곁에 있었으면 하고 얼마나 바랐는지 몰라. 얼마나 언니와 이야기하고 싶었는지, 언니 품에 안겨서 울고 싶었는지 몰라. 예전에 내가 얼마나 많이 그랬는지 생각나? 언니는 언제나 나를 위로해 주고 지켜 주었지. 언니는 늘 적절한 말로 위로하는 법을 알고 있었어. 이번에도 그렇게 해 줄 수 있을 텐데! 함께 아픔을 나눌 수 있을 텐데! 이번에는 내가 적절한 말을 찾을 수 있었으면!
　너무 오랫동안 언니에게 편지를 쓰지 않았지. 나도 알고 있어.

내가 언니를 잊어버렸다고 생각했을지도 몰라. 언니에 대한 내 사랑이 들판의 안개가 아침에 걷히듯 사라져 버렸다고 생각했을지도 모르겠어. 그렇지만 언니에게 이 소식을 전할 수가 없었어. 믿어 줘. 지금도 손이 떨리고 눈물이 편지지를 적시고 있어. 보이지? 비겁한 나를 용서해 줘. 하지만 언니가 이 사실을 다른 사람을 통해서 알게 하고 싶진 않아. 다른 사람들이 뭐라고 말할지 알 수 없으니까. 내가 이야기해 줄게.

이크발 오빠는 긴 여행에서 돌아오자마자 다시 떠났어. 오빠의 고향은 라호르에서 그리 멀지 않다고 해. 겨우 몇십 킬로밖에 안 되는 거리였어. 이크발 오빠는 가족들을 만나 부활절을 함께 보내야 했어. 내 생각에 기독교인들은 그날 죽었다가 다시 태어난 그들의 신을 기리는 것 같았어. 오빠는 적어도 한 달 정도 부모님 곁에 머물 계획이었지. 그런 다음 돌아와 다시 싸움을 계속하기로 했어. 오빠는 미국에서 그 많은 사람들 앞에서 약속했고, 그 약속을 지킬 거라고 말했어.

어떻게 되었는지 알겠지.

고향 마을에서는 오빠를 영웅처럼 맞아 주었대. 아주 기쁘게 말이야. 모두들 오빠가 한 일을 알고 있었기 때문에 감탄과 존경의 눈으로 오빠를 보았대. 온 마을 사람들이 오빠에게 인사하러 집에 들렀고 선물들을 가져왔대. 정말 비행기를 타고 날아 봤냐고 물어보는 사람들도 있었대.

겨우 이틀밖에 지나지 않았는데 이크발 오빠는 벌써 지겨워져서 사람들을 피하고 싶었다나 봐. 오빠는 새벽에 아버지를 따라 밭에 나가서 오랫동안 이야기를 나누었대. 그런 다음 오후에는 어린 사촌 둘과 낡은 자전거를 타고 달리거나 연을 날렸대.

언니도 오빠가 연을 얼마나 좋아했는지 기억나지?

오빠는 행복해했고 평온했으며 많은 계획을 가지고 있었대.

부활절이었던 그 일요일에는 해가 뜨고 날씨가 아주 좋았대. 이크발 오빠는 먼저 교회에 갔다가 그다음에는 친척 집을 돌았대. 친척들은 오빠에게 달걀을 선물했대. 왜 그러는지는 모르겠어. 그런 다음 만찬이 있었대. 노래도 부르고 춤도 추었대. 고기도 먹었대. 생각해 봐! 온갖 먹을 것과 라두, 오렌지로 만든 잘레비*, 바르피** 같은 과자들이 있었대. 이크발 오빠는 배가 아플 정도로 많이 먹었대. 그리고 어른들끼리 이야기를 나누는 동안 아이들은 여기저기 돌아다니며 놀았대. 가끔씩 아이들이 이름을 부르고 소리치는 소리가 들렸대.

---

* 묽은 반죽을 뜨거운 기름에 튀긴 뒤 시럽에 절여 만든 과자.
** 연유와 설탕으로 만든 간식.

오후 3시쯤 되었을 거라고 해. '아니야, 더 늦은 시간이야. 태양이 이미 기울고 있었는걸!' 하고 말하는 사람들도 있어. 그때 마을 입구에 자동차 한 대가 먼지구름을 일으키며 나타났대. 검은색의 큰 자동차였는데 처음 보는 차였고, 진흙으로 뒤덮여 있었대. 그 안에는 아무도 타지 않고 마치 자동차 혼자 저절로 움직이는 것 같았대. 큰 바퀴로 자갈들을 짓이기면서 가는데 운전대를 잡은 사람조차 보이지 않았다나 봐.

어떤 사람들 말로는 그때 갑자기 천둥이 치면서 동전처럼 굵은 빗방울들이 떨어지고 천둥소리가 짚으로 얹은 지붕들을 뒤흔들었다고 해. 더 늦은 밤이었다고 말하는 사람들도 있지만.

자동차는 천천히 마을로 들어와서 밭으로 이어지는 오솔길로 방향을 바꾸었대. 하늘의 물과 땅의 물이 하나가 되었지.

이크발 오빠가 자전거를 타고 오솔길을 올라오고 있었대. 가파른 곳이라 페달을 힘 주어 밟으며 서서 탔대. 멀리서 보기에도 머리칼은 비에 흠뻑 젖어 있었고 미국에서 산 티셔츠가 바람에 날렸대.

무슨 일이 일어났는지 아무도 몰라, 파티마 언니. 어떤 아저씨가 멀리 빗줄기 속에서 보니, 이크발이 자동차 옆으로 지나갈 때 유리창이 천천히 내려가더래. 잠시 후 네다섯 번의 불꽃이 번쩍

였고(몇 번인지 정확히 아는 사람은 없어) 그 아저씨가 위급한 상황을 알리고 사람들을 모아서 거기로 달려갔을 때 자동차는 벌써 사라지고 없었대. 자동차가 지나간 흔적조차 없었다고 해. 진흙 위에도 말이야. 다만 이크발 오빠의 몸 아래 괸 물이 붉은색으로 물들어 가고 있었대. 그렇지만 그 핏물도 금방 사라지고 말았대. 빗물에 씻겨 가 버린 거야. 이게 사람들이 우리에게 전해준 이야기의 전부야.

그런데, 파티마 언니. 내 이야기 좀 들어 줘. 난 이게 진짜 일어난 일 같지가 않아.

내가 미친 건 아니야. 몇 주 동안 난 말을 하지 못하던 예전의 나로 돌아가 있었어. 언니도 생각나지? 나는 내 속에 숨어 버렸어. 속으로 계속 이런 말만 되풀이했지.

'사실이 아니야. 사람들이 어떤지 잘 알잖아. 그런 일이 있었다고 상상한 거야. 착각한 거야.'

하지만 모두들 그게 사실이라고 믿었어. 에샨 칸 아저씨와 아주머니도 말이야. 나만 아니라고 생각한 거야.

그런데 이 주 전쯤, 어느 오후에 누군가 정원으로 난 문을 두드렸어. 문을 열어 주러 갔지. 문가에 어떤 남자아이가 서 있었어. 온몸이 더럽고 발에는 쇠사슬에 묶였던 자국이 남아 있었어.

그 애는 카펫 공장에서 일하다가 도망쳤다고 말했어. 그래서 우린 그 애에게 주인을 고발하게 도와줄 수 있다고 말했어.

그랬더니 그 애가 뭐라고 했는지 알아?

"난 두렵지 않아요."

파티마 언니, 난 그 애를 자세히 보았어. 그 아이는 이크발 오빠였어. 분명해!

이크발 오빠와 똑같았어! 눈도, 목소리도 오빠와 똑같았어.

사흘 뒤에 또 다른 남자아이가 왔어. 그리고 시장에서도 한 아이가 아주 부유한 상인인 자기 주인에게 반항했어.

난 그 아이들도 보았어. 그 애들은 바로 이크발 오빠였어.

파티마 언니, 너무 슬퍼하지 마. 무엇인가가 우리의 삶을 바꾸어 놓았어. 그것은 영원히 우리에게 남아 있을 거야. 난 공부를 해서 대학에 가겠다고 에샨 칸에게 말했어. 변호사가 되어서 파키스탄과 전 세계에서 노예로 살고 있는 어린이들을 구하기 위해 싸울 거야.

언니, 알아? 나 이제 겁나는 게 아무것도 없어. 이건 생전 처음 있는 일이야.

언니가 어디로 가는지도, 어떻게 언니와 연락해야 하는지도, 우리가 다시 만날 수 있기나 한 건지도 모르겠어. 한 가지만 언

니에게 부탁할게. 언니, 모두 다 기억해야 해. 아주 작은 것, 그럴
필요가 없는 것까지 모두 말이야. 누구에게든 우리의 이야기를
해 줘. 모두에게 이야기해 줘. 그러려면 잊어버리면 안 돼.

그렇게 해야만 이크발 오빠가 영원히 우리 곁에 있게 될 거야.
안녕.

동생 마리아가

뒷이야기

이크발 마시는 1995년 4월 16일 부활절 날 파키스탄의 라호르에서 30킬로미터 떨어진 무리드케라는 마을에서 살해되었다. 그때 열두 살이었다.

이크발의 살해를 지시하고 직접 행동한 사람들이 누구인지 아직 밝혀지지 않았다. 하지만 에샨 칸은 분명하게 말했다.

"카펫 마피아들이 이크발을 죽였습니다."

그때부터 이크발의 이름은 폭력에 시달리며 노예로 살고 있는 전 세계 수백만 어린이의 해방을 위한 투쟁의 상징이 되었다.

이야기를 마치고

개인적으로 나는 '교훈'을 드러내는 소설은 별로 좋아하지 않는다. 그런 소설의 경우 교육적 의도가 문학적 의도를 뛰어넘어버리기 때문이다. 나는 글 쓰는 기쁨 때문에, 이야기를 만들어내는 기쁨 때문에 글을 쓴다. 그리고 주제넘지만 내 이야기가 나의 독자들에게 읽는 기쁨을 주길 바란다. 하지만 이번에 실화를 쓰기로 한 결정, 그것도 이크발의 이야기를 쓰기로 한 결정은 아무렇게나 한 게 아니다.

몇 년 전, 이크발의 사망에 대한 기사를 신문에서 읽었다. 신문 기자는 이크발을 '꼬마 스파르타쿠스'라고 칭했다. 언젠가 이크발이 어떤 상징이 될 것이며 어쩌면 티셔츠 위에 그의 얼굴이 그려질지도 모르겠다고 나는 생각했다(좋을지 나쁠지는 여러분이 보면 알게 될 것이다). 하지만 다음 날이 되자 사람들은 더 이상 이크발 이야기를 하지 않았다.

그리고 일 년 전, 나는 이크발의 이름과 얼굴을 벽에 붙어 있는 포스터에서 다시 보았다. 포스터는 벽에서 거의 다 떨어져 바람에 퍼덕이고 있었다. 솔직히 말하자면, 매일 우리에게 충격을 주는 이야기들을 금방 잊어버리듯이, 나 역시 이크발을 잊어버리고 있었다. 어쩌면 우리 주위에 늘 잔인한 이야기들이 너무 많기 때문일지도 모른다.

기억은 사라져 간다. 내가 보기에는, 수정되고 다시 검토되고 왜곡되고 변경됨으로써 결국은 우리의 기억들마저도 의심하게 만드는 과거 앞에서는 집단의 기억만이 아니라 개인의 기억 역시 점점 희미해지는 것 같다. 소수의 사람들, 특히 나이가 아주 많은, 나치의 강제 수용소에서 살아남은 사람들이 걱정하는 게 바로 그런 것이다. 그들은 말한다.

"우리가 죽고 나면 누가 기억해 줄까?"

이 책은 이크발에 대한 기억을 새롭게 하기 위한 조그마한 증언 혹은 이바지라 할 수 있을 것이다.

나는 이 책을 읽은 독자들에게 아동 착취에 대해 더 알고 싶은 마음이 생기기를 바란다. 선생님들은 물론, 어린이들에게도 바라고 있다. 이 짧은 기록에서 나는 몇 가지 점들만, 그것도 특히 전기적인 것만 언급하려고 하며, 교실에서 토론할 경우 이용할 수 있는 몇 가지 실마리를 제공해 보려고 한다.

무엇보다 먼저 숫자를 살펴볼 수 있겠다. 비인간적인 환경에서 노예에 가까운 삶을 살며 강제 노동을 하고 있는 15세 미만의 어린이가 전 세계적으로 얼마나 될까?

정확한 자료를 얻기는 불가능한데, 거기에는 분명한 이유들이 있다. 대륙과 대륙 간에, 나라와 나라 사이에 그 현상이 조금씩 다르기 때문이다.

"…… 이 문제는 법의 범위를 벗어나 물속에 가라앉아 있는 현실이다. 무언의 동조와 공모 관계가 이런 일을 가능하게 한다. 국제노동기구(ILO)의 보고에 따르면 15세 미만의 어린이 노동자는 대략 2억 5천만 명이라고 한다. 이 중 아시아 어린이 노동자가 61퍼센트, 아프리카 어린이 노동자가 32퍼센트, 라틴 아메리카 어린이 노동자가 7퍼센트이다."

분명 대략적인 숫자일 것이다. 게다가 버림받아 떠도는 수백만 명의 어린이들, 브라질 거리의 아이들에서부터 루마니아 부쿠레슈티와 동유럽 여러 지역의 빈민굴에 모여 사는 아이들 수는 어떻게 기록에 넣을 것인가? 성 착취가 거의 합법화된 암시장에서 '일하는' 수백만 남녀 어린이들과 청소년들의 수는 어떻게 조사할 것인가? 몇몇 나라에서는 이런 착취를 바탕으로 산업을 발전시키고 있으니 말이다.

이런 현상을 좀 더 자세히 파악해서 보다 나은 중재 전략을 마런하기 위해 국제노동기구는 '어린이 노동'(child labour)과 '어린이 일'(child work)을 구별한다.

"'어린이 노동'은 어린이가 자기 가정을 벗어나서 직원의 자격으로 학교에 갈 수 없을 정도의 시간과 리듬으로, 즉 정신적·육체적 건강에 심각한 위험을 초래할 정도로 과도하게 수행하는 모든 일들을 가리킨다. 종종 노예의 상황에 이를 정도로 인간의 권리가 짓밟히는 상황에서 수행되는 일을 가리키기도 한다.

'어린이 일'은 어린이의 권리를 침해하지 않으며 학교에 가는 데 지장이 없는, 그러니까 하루 종일, 즉 전일제 일에 해당하지 않는 모든 노동의 형태라고 할 수 있다."

어떤 나라에 미성년자 노동 착취가 특히 만연해 있는 것일까? 두말할 것도 없이 세계에서 가장 가난한 지역이라고 할 수 있는 저개발국들에서다. 그곳의 어린이들은 농장에서, 광산에서, 카펫 공장에서, 벽돌 가마에서 노동자로 일하고, 가정부 노릇을 하기도 하고, 거리의 시장에서, 장난감 공장에서, 의류 공장에서 일하기도 한다.

"가난, 국제 부채의 증가, 낮은 봉급, 절대적 빈곤 속에서 살아야 하는 가정의 증가, 성인 실업, 이윤을 남기기 위한 고용자들의 선택, 생산 점유를 위한 다국적 기업들의 선택. 이 모든 것들이 어린이 착취를 조장하는 요소들이다. 국제노동기구의 보고에 따르면 15세 미만의 어린이들 가운데 5퍼센트가 다국적 기업을 위해서 일하고 있다."

여기 인용한 문장과 숫자는 인베르니치(D. Invernizzi)와 미살리아(D. Missaglia)의 《어린이는 공부를, 어른은 노동을》에서 발췌한 것들이다.

한편 미성년자 노동 착취 현상은 저개발국에만 있는 것은 아니어서 부유한 국가, 특히 미국도 예외가 아니다. 미국의 경우, 특히 경제적인 관점에서 아직도 차별받는 소수 민족의 자녀들이 이 문제와 관련이 있다(적어도 50만 명에 이르는 멕시코계 미국인 어린이들이 캘리포니아의 과일 농장에서 일하는데, 종종 유해한 살충제에 노출되기도 한다).

이 문제에 대해 나는 이탈리아 노동 연맹(CGIL)이 어린이협회 '연'과 공동으로 편찬한 《이탈리아의 미성년 노동에 대한 의식적인 연구》를 언급하고 싶다. 이 책에는 학업을 포기하고 암시장, 탈선, 청소년 범죄에 노출된 수많은 이탈리아 청소년들의 상황에 대한 정확한 보고와 풍부한 자료, 도표가 수록되어 있다(선생님들이 상황을 종합적으로 파악하는 데 유익할 것이다).

이탈리아 노동 연맹의 책임자인 루이지 아고스티노는 이렇게 주장한다.

"파키스탄에서 카펫을 짜는 어린이들은 현대에 볼 수 있는 하나의 현상이다. 이런 어린이들은 단순히 낡은 공동체의 유산이 아니다. 가난한 나라에도, 부자 나라에도 착취당하는 어린이들은 존재한다. 그들은 예외적인 존재가 아니라 '부유한 국가에서도, 저개발국에서도' 불가피한 존재들이다. 어린이들은 이윤이 유일한 기준이 되는 상황, 끝없는 경쟁이 발전의 기준으로 받아들여지는 상황의 산물이다."

우리가 알고 있는 '고전적인' 노예(노예 상인의 배, 목화 농장 등)보다 더욱 폭력적이고 타락한 새로운 노예의 형태는 과거의 잔재가 아니라 현대적인 생산관계와 세계화 과정에서 나타나게 된 결과이다. 이것은 무엇보다 인간이 만든 물건에서 모든 가치를 제거해 버렸다. 베일스(K. Bales)의 충격적인 책《새로운 노예》에서도 찾아볼 수 있다. 인도, 파키스탄, 브라질의 '그 상황'에 대해 많은 분석을 한 이 책은 어린이 노동을 무엇보다도 대대로 빚을 물려받게 되는 사악한 메커니즘을 토대로 설명한다(《난 두렵지 않아요》에서도 이 문제를 언급했다). 이 빚 때문에 아시아의 수백만 어린이들이 분노와 수치심으로 얼굴을 붉힐 정도로 몇 푼 안 되는 돈을 받고(평균 20달러) 노예가 된다.

또한 이 책은 미국 노예의 상업적 가치(이윤이 남을 뿐만 아니라 값비싼 투자 가치를 지니고 있다)와 대량으로 생산되는 상품의 가치에서 볼 때, 0의 가치를 지닌 현대의 노예들을 날카롭게 분석한다. 현대의 노예들은 착취당하다가 '부서지거나 필요가 없게' 되면 물건처럼 내버려진다.

어린이 문제에 대해서는 '새로운 발전 모델 센터'가 편집한 《어린이들의 피부에 대해서》를 권하고 싶다. 간단하고 명쾌하며 증언을 통한 예들이 풍부하다. 물론 이 자료들은 모두 유니세프나 몇 년 전부터 미성년자 노동에 관련된 자료를 제공하고 투쟁해 온 마니 테시(Mani Tesi) 같은 단체들을 통해 자유롭게 이용할 수 있다.

이크발의 이야기 《난 두렵지 않아요》 집필을 끝낸 뒤 몇 달간의 작업 이후 찾아오는 무감각의 상태에 빠져 있을 때, 텔레비전 뉴스를 통해 기니만 해안을 따라 유령선처럼 떠돌고 있는 어떤 배에 대한 소식을 접하게 되었다. 어린이들을 가득 태운 노예선인 것 같았다.

마침내 배가 상륙했는데, 배 안에는 아무런 흔적도 남아 있지 않았다. 잘못 본 것일까? 뉴스에서 꾸며 낸 이야기일까? 많은 사람들이, 그 배에 진짜 어린이들이 타고 있던 게 확실한 건지 의

심하는 동시에 의문을 제기한다. 혹시 지금 그 아이들이 인도양의 어떤 소굴에 갇혀 있는 건 아닐까 하고.

《난 두렵지 않아요》는 잊히게 될 너무나 가슴 아픈 많은 이야기 중의 하나이다.

제발 누군가 그 이야기를 계속해 주길 바란다.

프란체스코 다다모

옮기고 나서

이크발을 처음 알게 된 것은 번역했던 책을 통해서였습니다. 그 책은 장애를 안고 태어났지만 항상 밝게 살다가 열두 살에 세상을 떠난 '알리체'라는 어린이의 일기를 묶은 것이었습니다. 알리체는 1995년 이크발의 사망 기사를 신문에서 읽고 일기를 썼습니다. 미성년자 노동 착취에 반대해 적극적으로 행동하는 삶을 산 이크발이라는 영웅적인 소년에게 감동했다는 내용이었습니다.

알리체의 짧은 글을 통해 알게 되었지만, 이크발이라는 이름은 몇 년 동안 제 머릿속에 남아 있었습니다. 그랬기에《난 두렵지 않아요》라는 책을 읽었을 때 그 느낌은 남달랐습니다.

이크발은 파키스탄에서 태어나 열 살도 되기 전부터 카펫 공장 노동자로 일하던 어린이입니다. 빚을 갚기 위해 열악한 환경에서 노예 같은 생활을 하지만 결코 희망을 버리지 않는 꿋꿋한 어린이지요. 자신의 삶을 변화시킬 수 없다고 체념하며 살아가는 친구들에게 이크발은 자유에 대한 꿈을 심어 줍니다. 마침내 이크발은 주인의 횡포를 피해 공장에서 도망치는 데 성공합니다. 그러나 부패한 경찰의 손에 이끌려 다시 주인에게 넘겨지고 말지요. 하지만 이크발은 좌절을 모르는 소년입니다. 다시 한번 공장을 탈출한 이크발은 노예 노동 해방 전선의 에샨 칸을 만나 새로운 삶을 살게 됩니다. 그 뒤 이크발은 미성년자의 노동 착취를 전 세계에 고발하는 용기 있는 행동으로, 미국에서 '행동하는 청년상'을 수상하기도 합니다. 하지만 애석하게도 겨우 열두 살 나이에 '카펫 마피아'라고 불리는 공장주들에게 살해당하고 맙니다.

이 책의 번역을 다 마친 날 밤, 그때의 기분이 여전히 생생합니다. 가슴이 뭉클했습니다. 뭉클하다는 표현만으로는 부족할 정도의 감동이 있었습니다. 어린 나이에도 자유라는 게 무엇인지, 인간답게 사는 게 무엇인지를 알았던 똑똑하고 용감한 이크발의 죽음이 서글펐습니다. 주인을 두려워하고 '카펫 마피아'의 위협에 몸을 떨면서도 당당하게 사람들 앞에 나섰던 이크발의 용기가 한없이 값져 보였습니다.

이크발이 파키스탄 어린이라는 이유로 이 이야기가 우리와는 상관없는 땅에서 벌어진 잔혹한 이야기라고 생각할 수만은 없을 겁니다. 전 세계적으로 노동 착취를 당하는 어린이들의 수는 통계를 낼 수 없을 정도로 많다고 합니다. 게다가 이크발이 억울하게 죽음을 당한 지 약 삼십 년, 이 책이 처음 출간된 지 이십여 년이 지난 지금도 미성년자 노동 착취 문제는 해결되거나 사라지지 않고 있습니다.

《난 두렵지 않아요》는 밝고 행복하게 자라는 대다수 어린이들 뒤에 이크발처럼 불행한 어린이들이 얼마나 많이 숨어 있는지, 어른에게든 어린이에게든 자유라는 것이 얼마나 소중한지를 다시 한번 생각하게 해 주는 책입니다. 그리고 바로 그것이 수많은 독자들이 이 책을 읽어 내려간, 더 많은 독자들이 이 책을 읽어야만 하는 이유입니다.

이현경